반디네

행복 통신

幸福通信

반디네

행복통신

幸福通信

| 김진덕 그림에세이 |

북하우스

아버지가 모를 내려고 써레질한 논에선
개구리가 한쪽 귀를,
놀이터에서 노는
반디와 백두연의 조잘대는 목소리는
또다른 한쪽 귀를 간지럽게 합니다.
그리고 여전히 폼 안 나는 집안일 하며
투덜대는 아내의 속삭임이
가슴을 간지럽게 합니다.
이미 날은 어두운데
농원 이곳 저곳에서
자기들 좋아하는 일들 혹은 해야 할 일들을
하며 더 깊은 밤을 맞이합니다.
밤이 깊어져 어두우면
별들은 더 빛나겠지요.

빛을 주신 부모님!
빛을 발하게 해준 아내!
그리고 예쁜 빛들 반디와 백두연!

우리 가족 저마다의 자리에서
반짝반짝 예쁜 빛을 내며 아름다운
"가족"이라는 별자리를
만들고 싶습니다.

—머리말을 대신하며, 김진덕

〈나무〉
잎이 유난히 푸르고
가지는 곧아
어떤 비바람도 능히
당해낼 듯한
나무가 있어 이유를
물어보았습니다.
"깊은 뿌리가 있기 때문이야"
나에겐
아내가 있습니다.

1

나에겐
아내가 있습니다

이야기해주는 아내

가게 일이나 작업할 때 심지어 아무 일도 하지 않을 때조차도
나는 늘 아내가 옆에 있어야 흥이 납니다. 이야기하는 걸 즐기는 아내를
둔 덕분이죠. 차를 타고 어디론가 갈 때면 나는 아내의 눈치를 보며
이야기 하나 들려달라고 조르기 시작합니다.
"얘기 좀 해줘."
"얘긴 무슨 얘기. 얘기 좋아하면 못산대. 졸지 말고 운전이나 잘해."
보통 때는 이렇게 아내에게 구박 받기 일쑤입니다.
하지만 오늘처럼 아내가 기분 좋은 날은 상황이 다르죠.
"무슨 얘기를 해줄까?"
아내의 선선한 반응.
영화나 만화 이야기를 즐겨하는 아내는 두 시간짜리 영화를
네 시간에 걸쳐 얘기할 수도 있고 십 분 만에 끝낼 수도 있습니다.
아내는 아주 오래 전에 본 영화나 만화 속의
물방울 떨어지는 장면조차 기억해내 얘기해줍니다.
어떨 때는 직접 보는 것보다 아내가 들려주는 얘기가 더 흥미로워서
일한다는 핑계로 비디오를 아내 혼자 보게 한 뒤,
나중에 아내에게 그 비디오 내용을 얘기해달라고 조른 적도 있습니다.
그래서 가끔은 '내가 이 영화를 보았었나' 하는 착각이 들 때도 있고

어쩔 땐 아내의 재해석이 지나쳐 후에 그 영화를 보게 되었을 때
'이 영화가 그 영화인가!' 하는 생각이 들 때도 있습니다.
어쨌든 난 영화나 만화를 직접 보는 것보다 아내의 예쁜 목소리로
듣는 게 훨씬 재미있고 기억에 오래 남습니다.
그래서 차만 타면 피곤한 아내를 일단 찔러봅니다.
"얘기해줘~잉."

아내와 반디의 외출

서울에서 멀지 않은 곳에 위치한 우리 가게는 산기슭에서 불어오는
산바람에 사시사철 바람 잘날 없습니다.
토요일 오후! 이 산바람도 부족한지 아내와 반디는 처형을 만나
바람 쐰다고 횅한 바람만 남겨놓고 외출해버렸네요.
나는 가게에 혼자 남아 창 밖을 통해 불어오는 바람에 흔들리는
마당 저편의 잣나무만 바라봅니다.
창 안 양쪽 귀퉁이에 자리잡은 스피커에서는 얼마 전에 구입한
음반에서 음악이 반복하여 흘러나옵니다. 재탕 삼탕 들어도
아직은 괜찮습니다. 자주 갈 수 없기 때문에 큰맘 먹고 들르는
홍대 앞 음반가게 마이도스에서 싹쓸이 하듯
음반을 사오게 되면 처음에는 이 음반 저 음반
찔금찔금 들곤 했는데 이젠 맛을 음미하듯

하나씩 하나씩 세세한 부분이 느낌으로 올 때까지 아껴가며 듣습니다.
이런 기분도 잠시, 이렇듯 조용하다가도 차를 마시러 오는 손님이
약속이나 한 듯 몰려오기 때문에 아내는 외출하면서 나 혼자 바빠
헐떡댈까봐 그리고 헐떡대면 자기 미워할까봐 철저한 준비를 해놓고
갔습니다. 김치 볶음밥을 하라고 김치와 햄, 반찬용 단무지까지 썰어놓고,
방울토마토의 꼭지까지 따 소풍 가는 사람의 도시락 반찬처럼
준비해놓았습니다. 두리번거리며 이것저것 참견하고 이거 사내라
저거 먹고 싶다 졸라대며 거리를 뛰어다닐 반디와 배불러 힘든 몸
지탱하기 위해 한 손으로 허리 잡으며 반디를 쫓아다닐 아내가 떠오릅니다.
아마 내가 반디랑, 아내 그리고 뱃속의 아기를 마중나갈 때쯤이면
반디는 이미 지친 하루를 마감하고 곯아떨어져 있을 거예요.
아내는 반디와 실랑이한 무용담을 나에게 이야기해주겠지요.
모처럼 외출한 아내가 집 걱정, 가게 걱정 하지 말고
씻지 못하던 스트레스나 산바람에 확 풀고 왔으면 좋겠습니다.
너무 많이 걷지는 말아야 할 텐데……

아내의 배신

나는 가끔 이런 말을 하곤 합니다.
"가수 정태춘 씨랑 판화가 이철수 씨랑 나랑 이렇게 셋이 모여
술 한잔 하는 게 꿈이야." 두 분은 내가 존경하고 닮고 싶은 분들입니다.
특히 이철수 씨에게는 너무도 많은 영향을 받았습니다.
그런 분들과의 어울림이 가능한 날은 내가 하는 일이 그분들과
엇비슷한 경지에라도 올랐을 때일 겝니다.
그런데 내가 좋아하는 분이 또 한 분 생겼습니다.
한겨레신문에 〈비빔툰〉이라는 제목의 만화로 감동을 주는 분입니다.
어쩌면 내가 하려는 얘기와 비슷하고 또 내가 하고 싶었던 얘기들이라
더 감동이 오는지도 모릅니다.
내 작품을 제일로 알아주는 아내는 묻지도 않았는데 변명하듯
"당신이랑은 이런 면이 달라. 난 당신 그림이 더 좋아" 하며
나와는 다른 분야의 이야기라고 애써 주장합니다. 그런데, 그런 아내가
의리를 저버리고 나를, 다른 사람도 아닌 나를 배신했지 뭡니까!
어느 날부터인가 아내가 아침만 되면 한겨레신문을 찾기 시작하더니
급기야 남편 앞에서 남의 카툰을 눈이 시뻘게지도록 글썽이며
보는 것입니다.
게다가 신문이 보이지 않으면 두리번거리며 "그 신문 못 봤어?"

하는 말로 내 가슴에 비수를 꽂습니다.

'이 상태론 안 되겠어. 원만한 가정을 꾸리기 위해선 신문을 바꿔야 해.'

나는 이 지경에까지 생각이 이르렀습니다.

그렇지만 지금까지 봐오던 신문을 그런 이유로 바꾸자니

좀 유치하긴 합니다. 감춰놓은 신문은 하릴없이 점점 쌓여만 갑니다.

내가 제일이라던 아내의 마음에 봄바람이 붑니다.

"정말로 당신 그림이 제일 좋아. 그러니 감춰놓은 신문 내놔."

아내는 나를 이렇게 협박하기도 하고 설득하기도 합니다.

"신문 안 왔어."

나는 계속 버텼습니다.

하지만 이제 자수하여 광명을 찾아야만 하는 날이 온 것 같습니다.

아내가 전화를 겁니다.

"여보세요. 여기 어둔린데요. 도대체 신문배달을
어떻게 하는 거예요? 신문이 며칠째 안 오잖아요."

바람 부는 날에 어울리는 칵테일

우리 가게에서 칵테일을 팔기로 정했습니다. 술에 대해 박식한 친구의
도움을 받아 재료도 구입하였습니다.
배불뚝이 바텐더 아내는 근질근질한 손을 주체하지 못하고
눈에 띄는 사람마다 "칵테일 만들어줄까?"라고 묻다가 별 반응이 없자
"무조건 줄 테니까 먹어봐" 하며 사람들을 실험용 쥐로 만듭니다.
그러더니 이젠 그 손길이 내게까지 와버렸습니다.
워낙 술을 좋아하는 나인지라 "무슨 술이면 어때" 하며 만들어보라고
호기를 부렸죠.
일명 '방물장수 칵테일!'
나나 아내나 미술 하는 사람이다보니 술맛보다는 색깔부터 정했습니다.
탁하지 않고 투명했으면 좋겠고, 색깔은 블루나 그린, 그리고 술이
너무 독하지 않았으면 좋겠다는 것이 우리의 목표였습니다.
그런데 칵테일이라는 것이 정해진 양대로 섞으면 어려울 게 하나도
없는데 새로 만들자니 이렇게 섞으면 이 맛이 강하고 저걸 넣으면
너무 독하고 요걸 넣자니 탁해지겠고…….
아내는 계속 만들어대고 나는 계속 마셔대며 "아니야"를 연발하다보니
어느덧 취하기 시작했습니다. 정작 칵테일을 만든 배불뚝이 아내는
술을 마시지 못하니까 이상한 맛의 칵테일을 마셔대는 내가 불쌍했는지

혹은 자기가 마실 수 없어 부러웠는지 맛만 보고 버리라고
말을 했지만, 그래도 술인데 어떻게 버립니까? 내가 살아오면서
칵테일 마시고 취해보긴 그때가 처음이었습니다.
결국 그날 우리는, 자기 고유의 맛을 버리고 여러 맛이 조화를 이루어서
한 가지 맛을 내는 칵테일은 어쩌면 예술(藝術)의 술(術)자일지도 모른다는
결론을 냈죠. 불행히도 실험용 흰 쥐는 술에 절어버렸고요.
다음날 아내는 "이젠 조금씩이야" 하며 두어 잔씩 만들었고 며칠이
지난 후에야 처음에 목표로 했던 '방물장수 칵테일'을 완성했죠.
난 요즘도 아내에게 주문을 합니다.
"메뉴판에 없는 걸로 한 잔 만들어줘. 민트 향이 났으면 좋겠고,
색깔은 파란색 그리고 너무 독하지는 않게. 참 양 많이 하는 거
잊지 말고."
그러면 아내는 "까다롭기는…… 내 맘대로 할 거야" 하고
'아내표' 칵테일을 만들어줍니다.
오늘 아내에게 할 주문은 이겁니다.
"봄이 멀지 않았네. 나무를 마구 흔들어댈 정도로 바람이
심하게 부는 날에 어울리는 연두색 칵테일 한 잔 부탁해요."

사랑니

아내가 사랑니를 뽑고 고통스러워합니다.
썩은 이라면 조금이나마
제구실 하다가 뽑혔을 것을
그저 고통만 주던 놈입니다.
의사가 내 마음 대신해
그놈을 그라인더로
잔인하게 갈아버렸습니다.
흔적도 없습니다.
사랑니와는 다르고 싶습니다.
세상살이 속에
조그만 내 자리를 만들며
살고 싶습니다.

소중함의 잣대

‘만약 작업실에 불이 나면 제일 먼저 무얼 가지고 나갈까?’
그에 대한 답은 ‘음악 시디’였습니다. 값에 비해 무게와 부피가 적으니
스무 개만 가지고 나가도 최소한 이십 만원어치는 된다고 생각했죠.
그런데 생각해봤더니 더 비싼 노트북이 있더군요. 음……
아마도 내가 음악을 좋아해서 시디를 생각한 모양입니다.
얼마 전 난롯가에 앉은 손님이 군고구마를 먹다가
아내가 놓아둔 〈씨네21〉이라는 잡지에
“여기다 껍질 놔도 되죠?”
하며 순식간에 군고구마 껍질을 까놓기 시작했습니다.
손님이 가신 후 아내는 그것을 깨끗이 털어 휴지로 정성스럽게 닦으며
원망하는 눈초리로 “껍질 놓을 그릇을 드리지 그랬어”
하고는 내가 뭐라 변명하기도 전에 손님들 손이 닿지 않는 곳으로
잡지를 치우는 겁니다. 손님에게 〈씨네21〉은 흔한 잡지책에 불과했고,
아내를 가장 잘 이해해야 할 나마저 껍질 담을 그릇 정도로
그 잡지를 보았으니…….
“짝꿍이 뭘 소중하게 생각하는지도 몰라?”
구시렁거리는 아내에게 나는 “음식 국물 흘리지 않은 게 다행이지 뭐”라고
오히려 더 큰 소리로 찔리는 내 마음을 감추었습니다.

아내의 비밀

"당신 카툰을 보는 사람들은 내가 매일 음식도 망치고
김치도 못 담그고 뜨개질도 못 하는 줄 알겠다."
아내의 정당한 항변입니다.
신혼 때 열네 번의 집들이와 반디 백일잔치,
하루가 멀다 하고 찾아오는 내 술친구들 안주부터 해장국까지
혼자 다 치러낸 아내, 카페를 하는 지금은 소문난 음식솜씨로
단골손님을 불러 모으고, 반디 원피스와 내 한복까지 만들어주는 아내.
아내는 분명 손재주가 있는 사람입니다.
그런데도 재미있는 카툰을 만들겠다고 이리 쿵 저리 쿵 실수투성이
아내로 그린 건 내 탓입니다.
하루 종일 아내와 있다보니 아내에게 많은 것을 의지하게 됩니다.
마감은 목 조르듯 다가오는데 아이디어가 없어 급하게 되면
"아이디어 없어? 아무거나 얘기해봐?" 하면서 아내를 들볶죠.
남들은 잘 모르겠지만, 사실 아이디어의 절반 이상이 아내와의
대화 속에서 나옵니다.
"이건 어때?" 하고 아내가 아이디어를 툭 던지기도 하고,
아내와의 수다중에 불쑥 생각이 튀어나오기도 합니다.
사정이 이렇다보니 내가 아내를 들볶을 수밖에 없죠.

"돈 벌어서 나 혼자 쓰냐" 이런 말로 나는 스스로의 부족함을 덮지만,
내가 그린 그림이나 글 쓴 것을 보아주고 읽어주고 냉정하게 평가해주는
아내가 있어 항상 든든합니다.
아내가 든든한 이유도 늘 내가 아내 뒤에 있기 때문이라면 좋겠습니다.

풍경소리

오래 전 아내가 도자기로 풍경을 만들어
작업실 창 밖에 매달아놓았습니다.
찻집을 한답시고 작업용 책상 대신
손님을 위한 탁자가 놓여지고
욕심을 좇는 세월이 흐른 어느 날
다시 돌아와 바라보는 처마 밑에서
왜 이제야 돌아왔느냐며
바람에 흔들리는 풍경이
물소리보다 맑은 소리를 냅니다.

그릇

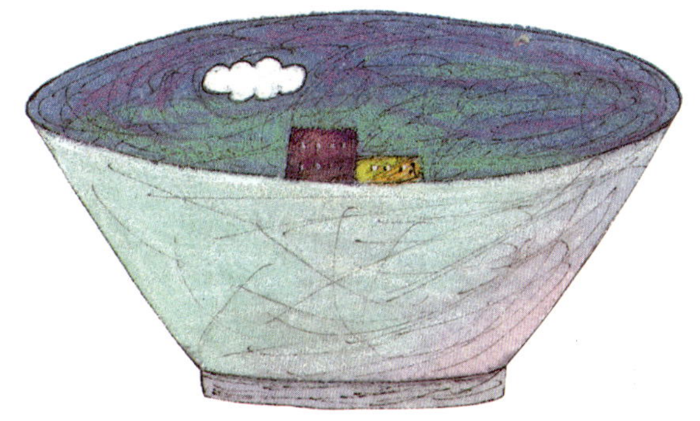

시람들은 큰 그릇이 되라 합니다. 하지만 건물을 담고 땅을 담고
비싼 달러를 담아도 채우지 못합니다.

나는 작은 종지가 되었습니다. 맑은 샘물을 담았습니다. 샘 속에서
아내와 딸이 웃자 그릇이 꽉 채워졌습니다.

손톱만큼의 여유

아내가 길어지는 자기 손톱을 보며 "노니까 손톱도 길어지는군" 하며
웃습니다. "설거지할 때도 불편하지 않다"며 보여주던 아내의 긴 손톱이
예뻤습니다.
그런데 그 예쁜 손톱을 군대 가기 전에 잘라야만 하는 머리카락처럼
잘라내야 할 때가 있었습니다.
아내가 생활자기를 배우기 시작하던 날, 아내는 그동안 기르던 손톱을
죄다 잘랐습니다. 잘려진 손톱 때문에 더 작아 보이는 손으로 아내는
컵과 접시를 빚었습니다. 아내의 손이 흙과 찬물을 오가며 거칠 대로
거칠어져 긴 손톱을 가졌던 때가 전설이 될 때쯤 아내는 임신을 하게
되었습니다. 입덧을 거치고 제법 배가 불러 그릇 만드는 일을
잊고 지내는 동안 아내의 손톱은 다시 자라기 시작했습니다.
아내는 겨우 길어진 손톱만큼 생긴 여유를
아기 때문에 부른 배만큼이나 행복해합니다.
일하는 손이 아름답다지만 긴 손톱의 아내의 손이 나의 여유로움 같아
나를 편안하게 합니다.

달

늘 바라보던 달이 뚝 떨어지던 날!
아무도 몰래 집을 나와 떨어진 달을 등에 업고
깜깜한 밤하늘을 기어올라 제자리에 겨우 매달아놓았습니다.
새벽에 아내와 딸이
"달빛 참 곱다"
하네요.
밤새 일어난 일, 안심해도 됩니다.

낯가리는 엉덩이를 위하여

내가 어느 곳에서나 볼일을 볼 수 있는 데 비해
아내는 엉덩이가 낯을 심하게 가려
그 일이 쉽지 않은가 봅니다.
시간이 많이 필요하고 책이 있어야 하며
어떤 방해도 없는 아내만의 시간이 주어지면
정신을 집중해 그 일을 해냅니다.
많은 것을 아내에게 도움 받는 내가
아내를 위해 최소한의 것을 해주기 위해
화장실 변기 옆에 스피커를 달아주었습니다.
그리고 '저렇게 노래 잘 부르는 놈은 얼마나 좋을까' 하는
생각이 들 정도로 시원스럽게 질러대는
본 조비의 〈올웨이스〉를 틀어줍니다.
시원스러운 노래처럼
아내의 그 일이 쉽게 풀리길 바라면서…….

“아아아~”
“아아아~”
높은 산에 올라가
소리를 질렀습니다.
내 목소리가 답이 되어
돌아옵니다.
아내에게 말했습니다.
“아아아~”
“어어어~”

“왜 내가 원하는 답을 해주지 않지?”
이제 조금은 알 것 같습니다.
미리 정해놓은 답을 기다리지 말고
상대의 말을 들어주는 것. 그게 바로 ‘대화’라는 걸……

대화

반디를 안고 오르던 계단

"집안일만 하니까 너무 좋은 것 같아. 셋째도 가질까봐."
아니 이게 무슨 소리입니까? 둘째를 갖기 위해 내가 얼마나
갖은 협박을 하고, 아내가 내놓는 수많은 조건을 수락했는데.
게다가 내가 봐도 아내는 애 낳는 데 그리 좋은 조건의 몸도 아니고
입덧도 심한데. 아니, 입덧의 고통은 둘째 치더라도 반디를 낳던 때를
나도 아직 잊지 않았는데.
지금 아내가 셋째 얘기를 합니다.
분명 제정신이 아닙니다.

반디를 가졌을 때가 생각납니다.
아내와 같이 디자인 사무실을 할 때입니다.
그때 우리는 기획에 편집일까지 맡아 했었는데,
그놈의 사무실이 엘리베이터도 없는 건물의 5층 반(5층과 6층 사이)
위치에 있었습니다.
사 먹는 밥을 싫어하고 인스턴트 식품은 음식이 아니며 마른 반찬은
반찬으로 치지도 않는 남편을 둔 아내는 새벽부터 일어나
도시락을 싸야 했습니다. 주행 연습비 정도 주고 산 자동차는
더위를 많이 타는데다 임신까지 한 열덩어리의 아내가 매달리자

힘들다며 가다가 쿨럭쿨럭거렸습니다.

게다가 좁은 평수의 사무실을 쓴다고 주차장도 할당해주지 않는 바람에
걸어서 이십 분 정도 거리의 주차장에 차를 세워놓고 사무실까지 걸어와서
여름 내내 그 계단을 매일 오르락내리락 했습니다.

그렇게 고생하며 잘 살아보겠다고 열심히 일했는데, IMF 여파에
부도가 나서 일한 대가를 한푼도 받지 못했습니다.

지금도 가장 가슴 아프게 기억되는 것은 그 계단을
한 손으로 허리를 받치고 중간 중간 쉬어가며 오르고
또 내려가던 아내의 배부른 모습입니다.

그렇게 반디를 낳았습니다. 둘째 애를 가진 지금 아내는 그릇 만드는 일을
잠시 멈추고 폼도 안 나는 집안일 하며, 반디가 썼던 젖병이랑 옷을
틈틈이 정리합니다. 다시 삶아서 빨고, 개고, 버릴 것은 버리고,
가끔 반디가 아기였을 때가 생각나는지 혼자 웃기도 합니다.

옆에서 반디는 자기가 쓰던 것인 줄 아는지 모르는지 마치 다른 아기가
쓰던 것이라도 되는 양 신기해하며 참견하다가 만져보기도 하고
따라 웃기도 합니다.

"그렇게 좋으면 하나 더 낳을까" 하는 내 말에 아내는 "그래" 하면서
얼굴 가득 웃기만 합니다.

아내 구두 두 켤레

오랜만에 아내의 구두를 닦았습니다.

며칠 전부터 닦아주든지 구두약을 사다주든지 하라고

아내가 졸라대는 것을 오늘에야 겨우 구두약을 사왔습니다.

아내는 정장 입는 일이 별로 없는 편이어서 구두 닦을 일이 매우 드뭅니다.

그나마 있던 구두약도 시골로 이사 오면서

어느 상자에 처박혀 있는지 알 수가 없습니다.

숨어 있는 구두약을 찾느니 사는 게 빠르겠다 싶어 아침에 나설 때부터

잊지 않으려고 작정한 후에야 겨우 사왔습니다.

풀이 자라고 꽃을 심을 수 있어 고마운 흙마당이지만,

요즘처럼 따뜻한 봄날엔 얼었던 땅이 녹아 신발에 흙이 달라붙습니다.

내 무관심 속에 아내의 신발 구석진 곳까지 오래된 먼지가

들어앉았습니다. 이 신발을 신고 배부른 몸으로

내 옆을 졸졸 따라다니던 아내의 모습이 떠올라 마음 한구석이

찡 하다가, 쇼핑 다닐 때는 나보다 더 신나게 걷고,

내가 반디 데리러 가서 늦으면 이 신발을 신고 마당을 거닐고,

드럼 치러 갈 때는 편하다고 꼭 이 신발을 신고 가는

아내의 모습이 떠올라 웃습니다.

아내가 집에서 신는 다른 신발도 닦았습니다.

구두 속에 손을 넣고 솔로 문지르다보니
낡아버린 구두 밑창이 손에 만져집니다.
'얼마나 불편했을까'
얼마 전에 아내가 "나 신발 하나만 사줘라. 집에서 신는 거" 했을 때
"멀쩡한데 뭘" 하고 내뱉었던 말이 생각나
괜히 내 자신에게 신경질이 났습니다.
구두의 겉만 알고 속은 몰랐듯 아내의 속까지 이해하지 못하는
내가 부끄러워집니다.
나중에 편한 신발 하나 사줘야지 하는 맘을 구두 속에 감추고
반짝반짝 닦은 두 켤레의 구두를
아내가 잘 보이는 곳에 가지런히 놓았습니다.

아내의 자리

집안일에 농장일까지 하느라 아내가 무리하더니
결국 몸살로 앓아 누웠습니다.
어설프게 밥하고, 엉망으로 빨래하고,
애들 유치원 보내고…….
하루 해가 너무 짧습니다.
나의 반성의 기간이 지나고 아내가 다시 제자리로 돌아오자
나의 하루 해가 다시 길어졌습니다.

슬픈 꿈

아내에게 항상 미안한 마음으로 가득한 나에게
"우리 외식하러 가자"는 아내의 말은 미안함을 감하기 위한
기회의 빛으로 보였습니다.
곯아떨어진 애를 들쳐 업고 집을 나섰습니다.
둘째를 가진 후 양식이 자주 먹고 싶다는 아내를 위해
그리 멀지 않은 곳에 위치한 프랑스풍의
레스토랑으로 향했습니다.
이국적으로 꾸며놓아 '내 스타일은 아니야' 라고 하면서도
'정말 좋다' 고 인정할 수밖에 없는 그런 곳이었습니다.
주차장에 들어서자마자 이전에 느꼈던 이국적인 세계로의 입성보다는
'장사 안 된다더니…… 되는 데는 되는구나' 하는 생각이 앞섰습니다.
마치 결혼식 피로연을 치르는 듯한 분위기.
주차안내원의 안내를 무심하게 바라보며 같은 장사 (같은 장사라고
하기엔 규모 면에서 너무 작아 쑥스러운) 하는 입장에
뒤틀리는 속을 참고 있을 때 눈치 빠른 아내가 이렇게 말하는 것입니다.
"번잡해서 싫다. 다른 곳으로 가볼까?"
아내의 목소리는 손가락 따주던 할머니의 바늘처럼 내 체기를
내려보내더군요.

우리는 근처의 다른 식당으로 발길을 돌렸고
그런 우리의 선택을 탁월하게 여기며 오붓한 시간을 보냈습니다.

그날 밤 꿈에서, 우리 가게의 주차장이 결혼식장의
주차장처럼 북적거려 정신 없어하는 주차안내원을 보며
입이 귀에 걸치도록 즐거워하는 나를 보았습니다.

발톱 깎아주는 아내

나는 결혼한 이후 한 번도 내 손으로 손톱 발톱을 깎아본 적이 없는
게으름뱅이입니다. 손톱 밑에 까맣게 때가 끼었는데도, 그 때만큼
더러운 이기심을 가진 나는 행복한 시간을 줄이지 않으려고,
임신과 가사일에 지쳐 피곤한 아내가 기력을 회복해
내 손톱을 깎아줄 때까지 기다리며 버팁니다.
어렸을 때 누나랑 소여물 작두질하다 다친 이후
계속 갈라져 나오는 오른쪽 둘째 손가락 손톱 끝부분이
더이상 놔둘 수 없을 만큼 갈라지면 그 손톱만 내가 먼저 깎고는 버팁니다.
드디어 손톱과 발톱을 깎아주겠노라는 아내의 윤허가 내린 날,
마치 나는 황제라도 된 듯 침대에 걸터앉아 텔레비전 보면서 과일을 먹고,
아내는 남산만큼 나온 배 때문에 구부리기도 힘든 몸을 숙여가며
내 손톱과 발톱을 깎습니다. 나는 아내에게 편안함을 느끼며
텔레비전 보는 것도 잊은 채 아내의 모습에 시선을 멈춥니다.
황제가 된 느낌보다 가장으로서의 권위를 인정받는 느낌보다,
아직도 아내가 나를 사랑하고 있다는 안도감에 푹 빠진 채
이 시간이 오래갔으면 합니다.
그러다 아내가 발톱을 다 깎아주면 나는 꿈속에서 깨어난 듯,
발톱이 다시 빨리 자랐으면 하는 욕심을 내봅니다.

그런데 강적이 나타났습니다. 딸 반디가 아내에게 자기의 손과 발을
내밀기 시작한 것입니다. 전에는 아플까봐 싫어하더니 샘 부릴 줄
알게 되면서 꼭 자기 손톱 발톱을 먼저 깎아달라고 떼를 씁니다.
자식이 생기면서 내가 독차지해왔던 이 행복한 시간마저도
나눠줘야 하는가 봅니다.
덕분에 아내는 일이 두 배로 늘었습니다.
아니 이제 곧 둘째가 태어나면 아내의 일은 세 배로 늘겠지요.
이제 아내는 여든 개의 손톱 발톱을 깎아야 합니다.
미안한 마음에 "오늘은 내가 당신 손톱 발톱 깎아줄게" 했더니
아내는 싫답니다.
"할멈, 손톱 좀 깎아주구려"라고 말할 미래의 내 모습이 상상되어
혼자 웃었습니다.

우리 카페 라이브는 우리가 한다

아내에게 저녁을 사주겠다며 집을 나섰습니다. "늘 가던 곳이 최고야"라고
내 생각을 밀어붙여 찾아간 단골집. 그날따라 그 단골집은
나와 같은 생각을 한 사람들 때문인지 북새통을 이루고 있었고,
그런 상황은 새로운 음식에 대해 호기심이 강한 아내를
부추기고야 말았습니다.
다른 곳을 찾아 골목을 빠져 나오다가 6인조 밴드가 라이브를 한다는
레스토랑에 들어갔습니다.
무대가 잘 보이는 자리에 앉아 무얼 먹을까 고민하는 사이
그나마 있던 다른 쪽 테이블 손님이 가버려
우리 가족만 남게 되었을 때, 라이브는 시작되었습니다.
카페 안을 밴드의 연주와 보컬이 꽉 채우고,
마치 나도 아내도 그리고 반디도 음악을 하는 사람과 하나가 된 듯
그 음악에 몰입했습니다.
우리 가족은 라이브 연주에 눈이 멀어 텅빈 카페에서 단 하나의 테이블을
차지한 우리만을 위해서 밴드가 음악을 한다는 생각도 잊고
뻔뻔하게 그들의 휴식을 기다려 두 번의 스테이지를 더 보고서야
카페를 나왔습니다.
온통 음악 얘기만 하며 집으로 돌아오는 아쉬운 길에

나는 잠든 반디가 깨지 않게 조용히 아내에게 외쳤습니다.
"언젠가 우리 땅에 우리 카페를 하는 꿈이 이루어지면
한쪽 공간에 마련된 무대에서 자기는 드럼을 쳐라. 난 기타를 치며
노래를 할 테니. 키보드는 반디에게 맡기자고. 멋있겠지!"
아내가 박수치며 "와" 하더니 귓속말로 내게 말했습니다.
"당신은 노래 못해서 보컬 못해."
"……"
철 좀 늘어, 아내가 그렇게 대꾸하지 않은 게 다행입니다.

아내 전격 인터뷰하다
―득남한 예쁜 방물장수 아줌마 '임승옥'

아내의 출산을 핑계로 가게 일도 접고, 그림 그리는 일도 접고,
아내 옆에서 산후바라지를 하며 많은 얘기를 했다. 장난기가 발동하여
가장 창조적인 작업이라는 출산을 한 아내와 이때밖에 할 수 없는
전격 출산 후기 인터뷰를 했다.

입덧에서 출산까지 힘들었을 텐데 감회는?

　　입덧으로 힘들 때는 정말 '내가 왜 애를 가졌나' 하는 생각이
　　들다가도 '남들 다 하는 건데' 하며 버텼어.
　　근데 이렇게 애를 낳고 보니 소중하고 또 예쁘니까
　　사랑니 아파서 수술하는 거랑 다르게 충분한 대가가 있어.
　　해볼 만한 일이라고 생각해.

말은 안 하셨어도 손자를 무척 기다리신 시부모에 대한 부담도 있었을 텐데.
아들을 낳은 느낌은?

　　좋아. 시부모님이나 엄마 아빠 그리고 주위 사람들이 내가 생각했던
　　것보다 좋아하니까. 반디 가졌을 때도 아들 낳으려고 책도 보고,
　　음식도 구별해 먹고, 뭐, 그랬잖아. 이번엔 그런 거 없이 둘째를 갖게
　　되었는데 아들이라 기뻐. 이렇게 얘기하고 나니까 반디한테 미안하다.

반디 낳을 때 고생고생 하고서도 결국 수술해서 낳은 바람에 이번에도 어쩔 수 없이
수술했는데 수술하는 것에 대해 좋은 점과 나쁜 점은?

자연의 섭리에 따라 자연스럽게 낳는 게 좋지. 될 수 있으면 정말
안 하는 게 좋은 것 같아. 수술해서 특히 안 좋은 것은 수술 부위가
아픈데다가 회복도 느리잖아. 링거 꽂아서 움직이기조차 어려운데
모유까지 줘야 하는 게 보통 힘든 게 아냐. 그래서 수술해서
아이를 낳은 산모들 중에 모유 주는 걸 포기하는 사람이
많은 것 같아. 어디 그것뿐이야! 입원기간도 길어서 나도 힘들고
주위 사람도 힘들잖아. 자연분만한 사람들 얘기로는 뼈 마디마디가
다 벌어지는 것 같다고들 하는데 그렇다고 수술했다고 해서
수술자리만 아픈 게 아냐. 아플 곳은 다 아퍼.

그럼 좋은 점은?

없어.

둘째라 다르게 느껴지는 것은?

첫째로 태어나는 건 행운이라고 생각해. 모두들 너무나 소중히
생각하잖아. 너무 신기하고 사랑스럽지. 그래서 둘째 아이 때도

이럴까 싶었는데 경험으로 아니까 더 소중하고 신기하고 그래.
둘째 보며 반디 낳을 때 생각나서 비교해보니까 순간순간이
다 소중해. 신기하고 경험을 바탕으로 더 잘해줘야겠다는 생각이 들어.

나중에 뭐가 되었으면 좋겠는 그런 거말고 둘째가 어떻게 자라줬으면 좋겠어?
반디 자라는 것 보며 내가 소신을 가지고 잘 끌어가면 된다고 생각을
했어. 반디가 잘 커줘서 만족해. 한 가지 흠이라면 천성인지 반디가
너무 여리고 약해서 아이들에게 맞고 들어올 때 너무 속상해.
차라리 때리고 들어오는 게 낫지. 근데 부모가 그런 걸 뭐. 둘째는
사내자식이니까 씩씩하고 굳세게 자랐으면 좋겠어. 반디처럼만
자라달라고 하면 욕심일까?

당신이 생각하는 좋은 엄마 아빠는 뭐야?
행복한 엄마 아빠. 부부가 이혼하면 가장 큰 타격을 입는 건
아이들이잖아. 부모가 서로 사랑하며 행복한 모습을 자식에게
보여줘야 해. 그게 수십 만원짜리 영재교육보다 낫지.

몸조리하는 동안 반디는 보고 싶지 않아?

처음 반디랑 떨어져 있는 건데, 안쓰럽지.

또 농번기라 바쁜 시어머니께 반디까지 맡겨서 죄송스럽고.

병원 오기 전에 "엄마 반디 동생 낳느라고 병원 가니까

반디는 할머니네 가 있을 수 있어?"라고 물었더니 그러겠다는 거야.

계속 반디 얼굴에서 눈을 떼지 못하고 차를 탔는데 우리 차가

출발하기도 전에 "할머니, 들어가자" 하더니 어머님 손을 잡고

획 돌아서 들어가버리더라고. 당신이 어젯밤에 어머님한테

핸드폰으로 전화 걸다가 잘 안 들려서 공중전화까지 찾아가

걸었잖아. 할머니가 "아빠 바꿔줄까" 하니까 싫다고 하더라잖아.

너무 잘 있어서 도와준다는 생각도 들고 배신 같다는

생각도 들고…….

산후조리 끝나면 제일 먼저 뭘 하고 싶어?

기차여행 가고 싶어. 불가능하겠지? 우리 신혼 때 기차여행

갔었잖아. 돌아올 때 택시비 깎은 돈으로 기차 안에서 잔돈까지

털어가며 사 먹은 맥주랑 소시지 그거 너무 맛있었는데……

또 그렇게 해보고 싶다.

두 아이의 아빠가 된 남편에게 바라는 점은?

지금처럼 열심히 하면 되지 않을까? 근데 돈은 조금 더 많이
벌어야겠다. 애가 늘었잖아. 또 아들 가진 아버지로서
딱 뭐라 말할 수는 없지만 아들에게 해줘야 할 부분이 있을 것 같아.
딸인 반디에게 해주었듯이 말야.

엄마 혹은 아빠의 어떤 점을 둘째가 닮았으면 좋겠는지?

첫애 임신하기 전에는 정우성같이 잘생긴 사람을 닮았으면
좋겠어서 쳐다보는 사람 닮는다는 말 듣고 벽에
사진을 붙여놓으려고 했는데 말이지…… 막상 임신하니까
남편 닮았으면 좋겠다는 생각이 들던데. 단, 눈만 좀 안 닮았으면
하고 바랐는데 눈마저 닮더라고. 그런데 둘째도 당신 눈을
닮은 거 같아. 반디랑 셋이 똑같아 보인단 말이지.
그런데 이상한 건 애기랑 반디는 예쁜데 남편은 왜 예쁘단 생각이
안 드나 몰라.

병원에서 재미있었던 일이 있다면?

겨우 마취에서 깨어나 "괜찮아요? 아픈 데 없어요?"

등의 질문을 기다리던 나에게 간호 과장님이 던진 첫번째 질문이
"근데 남편 직업이 뭐예요?"였어.
비몽사몽으로 "그림 그려요"라고 대답했는데.
당신 헤어스타일 때문 아닐까?

퇴원하는 기분이 어때?

좋아. 너무 좋아. 어젯밤에는 내일 여행 갈 사람처럼
가슴이 설레더라. 조금 있으면 우리 넷이서 처음으로
뭉치게 되잖아. 어떨까 몹시 기대돼. 동생 생기면 이것저것
다해준다던 반디가 동생을 처음 대면하는 모습도 기대되고.

앉았다가 힘들면 돌아눕기도 하고 옆에서 자다 깨다 하는 아이를 연신
흘끔거리면서 성의껏 답해준 아내에게 감사하다. 넷으로 이루어진
우리 팀 멋지게 잘 살아보자.

빨랫줄

창 밖으로 빨랫줄이 여러 겹 보이고
그 줄 위에 가족들의 빨래가 널려 있습니다.
거무튀튀한 메탈 가수의 얼굴이 그려진 내 옷,
아직도 가슴을 설레게 하는 아내의 속옷,
병아리처럼 노란 반디 유치원복……
그러나 빨랫줄의 가장 많은 부분을
차지하고 있는 건
이제 두 달이 채 안 된 둘째 백두연의 하얀 기저귀.
창 밖의 전망 좋은 풍경을 가리지만 그래도
내 마음을 편안하게 만드는……
하얗게 삶아 널어놓은 기저귀의 반만큼이라도
내 마음이 깨끗해질 수 있다면……
욕심일까요?

아줌마라 불러주세요

"유치원 다니는 애가 있나 봐. 아가씨 아니었어요?"
"아줌마예요."
아가씨보다 아줌마라고 당당하게 말하는 갓 서른 된
주부 경력 7년의 아내.
남들이 미시족이니 뭐니 하면서 아줌마임에도 처녀인 양 내숭을 떨고,
결혼한 줄 뻔히 알면서도 아가씨라 불러주면 좋아하는 게 보통 여자들의
심리인데 아내는 그것을 단호히 거부하고 아줌마로 불리길 원합니다.
"아줌마라고 불리는 게 뭐가 좋아?"
"난 아줌마가 된 게 너무 좋아.
다시 태어나도 결혼하고 싶은 남편이 있고, 부모로서의 욕심을 부리게
만들 만큼 예쁘고 사랑스러운 딸 반디가 있고 둘째도 더도 말고
반디만 했으면 하고. 서로 사랑하고 그러면 된 거 아냐?"
항상 맘 고생만 시키는 나를 아내는 다시 태어나도 선택하겠다고 할
정도로 만족해하니 부끄럽기만 합니다. 아마도 나에 대한 만족보다
딸에 대한 만족이 나의 결점을
보완해주는 게 아닌가 생각해보기도 합니다.
당당한 아줌마 아내!
나도 그녀를 선택한 것을
후회하지 않습니다.

삼겹살

'내일은 라면을 먹더라도 오늘은 고기를 먹겠다' 라는
신조를 가진 집의 셋째 딸을 아내로 맞아들인 덕에 좋아하던 삼겹살을
더 좋아하게 되었습니다.
휴대용 가스버너와 솥뚜껑 그리고 소주 몇 병을 들고 아내와 함께
참 많은 곳을 찾아 다녔습니다. 식구가 고기판을 벌였다 하면 두 근은
너끈히 해치웠고 갈비집을 가면 8인분에 공기밥까지 시켜 먹고
나오기 일쑤였습니다.
시골로 이사 왔을 때 제일 먼저 한 것도 마당에 앉아 별 보며
삼겹살 구워 먹은 일이었습니다. 상추와 고추를 심은 이유도
삼겹살 구워 먹을 때 텃밭에서 따다가 바로 먹기 위해서였습니다.
그리고 둘째 낳기 전날도 아내에게 힘을 돋워주기 위해 삼겹살을
먹으러 갔습니다. 우리 가족은 정육점에서 파는 생고기를 기름에
탁탁 튀겨가며 구워서, 새로운 소스나 값비싼 야채보다는
고추장에 마늘 반 톨을 넣어 상추에 싸먹는 그 맛을 제일로 치죠.
고기를 두 점씩 상추에 싸먹다가 아내의 핀잔까지 덤으로 싸먹으면서도
빙 둘러앉아 이야기와 섞어가며 마시는 소주는 정말 일품이죠.
결혼기념일의 횟수가 늘어갈수록, 아내와의 정이 한 켜 한 켜
쌓일수록 나와 아내의 배에도 삼겹살이 늘어갔습니다.

그런데 얼마 전, 내 배엔 삼겹살이 그대로 있는데
아내 배의 삼겹살이 없어지고 있다는 걸 깨달았습니다.
딱히 운동을 하는 것 같지도 않고 다이어트와도
거리가 먼 아내인데…….
아내의 삼겹살을 다시 키워야겠다는 생각에
정육점 아저씨에게 특별히 부탁하여 좋은 삼겹살을 사왔습니다.
유기농 야채와 함께요.
아내가 야채를 씻는 동안 나는 들뜬 기분으로 상 위에 가스버너를 올리고
반디와 백두연, 어머님, 아버님 온 가족이 둘러앉았습니다.
난 고기를 굽기 시작했고 아버님, 어머님과 소주를 주고받으며
고기를 먹었죠.
아내는 자리에 없었습니다. 내가 볼 때마다 아내는 술을 가지러 가거나
쌈장을 가지러 가거나 야채를 혹은 물을 가지러 부엌에 가 있었습니다.
내가 배가 불러 허리띠를 늘리며 벽에 기대 앉을 때까지도 아내는 부엌에
있었고, 어느덧 고기가 담긴 봉지는 벌건 핏국물을 보이며 바닥을
드러내고 있었습니다. 그제야 나는 아내의 배에서 삼겹살이 없어진 이유를
짐작할 수 있을 것 같았습니다.
'그래, 그렇다면 갈비집에 가야겠군.'

연기가 뿌옇게 피어오르고 갈비가 익어가고 내가 쌈 싸는 것까지 생략하며
고기를 기름장에 찍어 먹고 있을 때 아내는 또 자리에 없었습니다.
"흠……."
나는 젓가락을 내던지고 아내를 찾았습니다. 아내는 우는 백두연을 안고
달래고 있었습니다. 아내에게 다가가 백두연을 빼앗다시피하여 안고는
아내를 억지로 식탁 앞에 앉혔죠.
"고기 먹어."
"난 괜찮아. 당신 많이 먹어."
"고기 먹으라니까!"
나는 괜한 신경질을 냈습니다. 그 소리에 백두연이 더 크게 울었습니다.
나는 갈비집을 나와 담배만 피워댔고 아내는 타버린 고기 앞에 앉아
몇 점 먹다가 나와버렸습니다.
차를 타고 오는 내내 나는 아무 말없이 앞만 바라보았고 아내는
잠든 백두연만 바라보고 있었습니다.
아내의 손에 검은 봉지가 들려 있었습니다.
"그건 뭐야?"
"삼겹살. 아버님 좋아하시잖아. 당신도 좋아하고……."
아내의 마음씀에 가슴 한 켠이 아려옵니다.

반디네 팀

첫눈이 오면 분위기 좋은 카페에서 아내와 두 아이를 데리고 차 한 잔!

그러다 마음이 동 하면 동동주 한 잔 합니다.

백두연이 절반은 흘려가며 술을 따라줘도 그 흘린 술 아까운 것보다는

잔에 남은 술이 세상에서 가장 맛있다고 생각하고,

반디가 접시에 담긴 오징어 안주를 홀랑 다 집어먹다 흘려도

그 흘린 안주가 제일 맛있다고,

그렇게 생각합니다.

친구들은 그런 우리 모습을 보며 우리를 팀이라 부르며

재미있어합니다.

처음엔 아내와 나랑 둘이 팀이었습니다. 우리는 늘 붙어 다녔죠.

밥을 먹을 때도, 집 앞 슈퍼에 갈 때도, 대학모임까지.

이렇게 늘 같이 다니다보니 반디 엄마에게 "넌 우리 학번 같아"

하는 동기도 있고, 내 고향친구들마저도 아내를 고향친구로 착각합니다.

반디가 생긴 후로는 늘 셋이 다닙니다. 작업실 갈 때도,

작업실에서 나와 술집에 갈 때도, 모임에 갈 때도.

왜냐고요? 우린 팀이니까요.

그러다가 백두연이 생겼습니다. 이젠 넷이 뭉쳐 다니고 있죠.

백일도 안 된 애를 팀원이라고, 놀러 갈 때 텐트에 재우고, 일할 때

거래처에 데리고 다니고, 잘 다니는 술집까지 함께 다니고 있답니다.
라이브 콘서트 갈 때만 스탠딩 콘서트여서 데리고 가지 못한 게
얼마나 한이던지…….
그러다가 반디가 유치원을 다니게 되자, 반디 없이 어린 백두연이랑만
셋이 다니는 시간이 늘어나게 됐습니다. 그런데 이번엔 백두연까지
어린이집에 다니게 되었으니…… 팀이 완전히 와해 분위기입니다.
반디는 분명 더 어릴 때부터 어린이집에 다니기 시작한 걸 생각하면
두번째라 익숙해지기도 할 만한데 어째 백두연은 더 걱정이 되네요.
그래서인지 백두연이 감기에 걸렸다는 핑계로 어린이집에
보내는 걸 일주일을 미뤘습니다.
그러다 결국, 우리 내외보다 더 걱정하시는 반디 할아버지 할머니의 눈길을
뒤로 한 채 백두연을 안고 어린이집으로 향했습니다.
어린이집에 떼어놓자 예상했던 대로 백두연이는
"앙~" 하고 울어댑니다.
모든 뒷일을 원장님께 맡긴 채 "반디 때보다 덜 걱정되는걸"
하며 찡한 가슴을 감추고 차에 올랐는데
반디 엄만 주문이라도 외우듯이 중얼거립니다.
"백두연 계속 울지는 않겠지? 백두연 계속 울면 어떡하지?"

가뜩이나 심란한데…….

"가서 백두연이 확 데려올까? 그리고 보내지 말까?"

아내를 데리고 극장으로 차를 몰았습니다. 아내는 애를 맡겼으면
열심히 일해야지 어딜 가냐고 우겨댔지만 나는 그냥 극장으로
내달렸습니다. 공방에 가면 더 심란할 것 같아서요.
진동으로 맞춘 핸드폰을 손에 꼭 쥔 채, 우린 영화를 봤습니다.

그리고 넷이 아닌 둘이서 전혀 오붓하지 않게 술을 마십니다.
"영화 어땠어?"
"재밌었어."
"당신은?"
"글쎄……."

"백두연 울지 않았을까? 울면 벌써 어린이집에서 전화했겠지?"
아내의 주문이 또 시작되었습니다.
"괜찮을 거야……."
반디도 그 다음 날부터인가 어린이집 가는 걸 좋아하며

"엄마 안녕, 아빠 안녕" 손 흔들던 모습에 우리가 얼마나 배신감을
느꼈는지 떠올리면서 백두연도 그럴 거라고 우길 수밖에 없었습니다.
그렇게 술 한 병을 더 마셨습니다. 술이 취했는지 어디에선가
반디의 목소리가 들리는 듯했습니다.
"엄마 아빠, 배신이야 배신."
백두연의 목소리도 들리는 듯합니다.
"오우 오우 오(배신이야 배신)."

단상 斷想

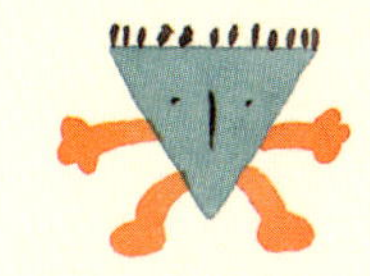

그 일 이후

그일 이후, 아내는 여왕!
난 하인이 되었습니다.
그런데 여왕은 괴로워하고 하인은 기뻐합니다.
입덧!
임신! 자식이 뭔지… 평소에 지금의 반이라도 도와주면 얼마나 좋습니까? 항상 아내를 사랑합시다.

자루

빈 자루가 하나 있습니다.
칼을 담았습니다
칼의 모양이 되었습니다.
꽃을 담았습니다.
아름다운 꽃처럼 되었습니다.
담는 내용에 따라 달라지는
"말"이라는 자루에 난
진실을 담고
싶습니다.
진실

짐

어깨에 짐이 많아질수록 길은 좁아 보이고 중심은 흔들립니다.
짐을 내려놓자 길이 넓어 보였습니다.
내려놓은 짐 보따리 속에 욕심이 들어 있습니다.

해장국

아내가 술 퍼먹은 나를 위해
콩나물 해장국을 끓입니다.

속 쓰린 내가
끓었나 하고 열어
보았습니다.
덜익은 콩나물에서
나는 냄새가
비릿합니다.

"좀 참고 기다리라고 그랬지!
중간에 열어서 냄새 나잖아."

콩나물 해장국은 어디 가고
아내의 욕만 먹었습니다
모든 일에 참고 기다릴줄 아는
지혜 더 큰 속쓰림을 방지
하는길입니다.

수확의 계절에

제 때 심고,
제 때 물 주고,
제 때 약 뿌려
기쁨을 거두는
농부가
있습니다.
요행만 바라다가 시기를 놓쳐
절망감을 거두는
농부가
있습니다.
부동산
땅
이 수확의 계절에
당신은 무엇을 거두고 계십니까?

김치

아내는 겉절이를 좋아 합니다.
나는 적당히 익은 김치가 좋습니다.
고모는 약간 쉰 김치.
아버지는 곰삭은 우거지 김치로 끓인 김치찌개를 좋아합니다.
덜 익으면 덜 익은 대로 곰삭으면 삭은 대로 김치가 맛을 내듯 사람도 젊으면 젊은 대로 나이들면 나이드는 대로 저마다의 향기가 있습니다.

뜨개질

아내가 아이의 장갑을 뜨다가
너무 크다는 생각이 들었을 때!
?
"그냥"이라는 단어의 유혹에
그냥
내년 겨울도 있다면서 유혹에 약한 모습을 보였습니다. 그러나,
아내는 웃으면서 "다시"란 단어를 택했습니다.
"다시"
웃으면서 "다시"란 단어를 선택할 만큼 아내는 아이를 사랑합니다.
딱 맞네!
그리고 그런 아내를 난 사랑합니다.

유치원에서

유치원 선생님 말씀으론 아이들이 집에서 있었던 일들을 모두 말한답니다.
우리 엄마랑 아빠랑 싸웠어요.
우리 아빠 술마시고 늦게 들어 왔어요.
내 딸 저 녀석은 유치원에 가서 뭐라고 말할까?
수정처럼 맑은 아이들의 눈에 바르게 비춰지는 부모가 되었으면 좋겠습니다.
아빠! 멋져요.

거울아 거울아

거울아 거울아 누가 세상에서 제일 예쁘니?
네가 제일 예뻐!
마술거울이 아닌 자만에 취한 또다른 나의 대답입니다.
다른 곳을 보지 못한 채 자기 허상속에 안주해서 사는 것은 아닌지…
이젠 거울밖의 다른 이들에게도 인정 받으며 살고 싶습니다.

시간

뛰어서 가는 사람에게 시간은 길고,
누워 있는 사람에게 시간은 짧다.
죽음을 앞둔 사람에게
시간은 소중하고,
별뜻 없이 사는 사람에겐 그저 시간일 뿐이다.

과정

벼가 심어진 논을 보며
수확하는 가을을 생각합니다.

농부 아저씨가 말했습니다.

뿌리자 마자
거둘생각부터 하나?

난 부끄러움 속에서 뿌림과 거둠 사이에는 가꿈의 과정이
있다는 것을 알았습니다. 모든 일이 그렇습니다.
좋은 결과 바로 앞에는 뜨거운 태양과 비바람 같은 가꿈의 과정이
있습니다.

길

꼬불 꼬불한 길을
다니며 살아온 시골 사람들은
조금 구부러진 길조차 곧게 펴고 싶어합니다.

그러나 쭉 뻗은
길을 달리던 도시 사람들은
꼬불 꼬불한 길을 산책하는 것을 좋아합니다.

내가 버리고자 했던 길을 욕심내는 타인을 보고야
내 길의 소중함을 압니다.
내 인생의 길 또한 소중하기가
한가지입니다.

"어 저렇게 막 만지면
고장 날 텐데 … 드디어 오류가
나버렸군 … 그래도 또 겁도 없이
막 시도해보고 있어 … 아니 이제
3일째인데 벌써 저걸 … 난 한 달
걸렸는데 … "
어른이 되어가면서
작아지는 용기! 커져만 가는 두려움!
진덕

2

반디와 백두연

반디에 대한 생각

반디 동생 둘째가 타의든 자의든 아들이었으면 좋겠다는 생각이
딸이어도 상관없다는 생각으로 바뀌게 된 이유 중 하나는 첫딸
반디에 대해 만족하기 때문입니다.
내 기대치에 완벽한 딸 김반디!
이름에 걸맞게 건강하고 '반짝반짝' 밝게 자라고,
노래 잘하고 똑똑하고…… 더 무얼 바라겠습니까?
게다가 반디는 내 성격 중에서 제일 싫어하는 수줍음,
발표에 대한 공포, 느린 머리회전 등은 닮지 않았습니다. 그저 내가 가진
지구력이나 추진력을 더 닮았으면 좋겠다는 욕심을 부려봅니다.
입시 교육은 억지로 시키고 싶지 않습니다. 반디가 중학생이 됐을 때쯤
'너 학교 다니기 싫으면 다니지 마라. 너 하고 싶은 것 있으면 그거 해라'
라고 꼭 얘기해줄 생각입니다.
공부도 별로 잘하지 못했으면서 땡땡이 한 번 못 쳐보고
극장 한 번 제대로 못 간 내 학창시절이 후회스럽습니다.
'개근상이 더 중요한 것이야.'
공부 못하는 애들 위로하기 위한 선생님 말씀입니다.
수업 좀 빠지면 어떻습니까? 그깟 공부 좀 못하면 어떻습니까?
내 딸은 여행, 영화, 음악, 그림, 이런 것들을 공부보다 더 좋아했으면

좋겠습니다. 무엇이 됐든 창조력이 있고, 감수성이 풍부해서 자기 길을
헤쳐갈 줄 아는 아이면 좋겠습니다.
내가 좋아하거나 딸이 좋아하는 콘서트가 있는 날
딸내미 꼬셔서 함께 갈 수 있는
그런 아빠와 딸 사이가 되었으면 좋겠습니다.

노랑나비 같은

귀가 간사해서인지 마음이 간사해서인지 스테레오 빵빵한 스피커로
음악을 듣다가 구식 라디오의 모노 스피커로 음악을 들으면 한쪽 귀가
아파 못 듣겠습니다. 내가 무슨 마니아라고 아트 록 듣다가
댄스 음악 들으면 신경질까지 납니다.
덩달아 아내까지도 내 취향대로 음악을 듣게 되고 내 편견으로 책정한
'수준 있는' 음악을 딸 반디에게까지 은근 슬쩍 세뇌시켜버렸습니다.
그랬더니 드디어는 나의 노력이 결실을 맺어 어느 날 반디가 김종서의
〈에필로그〉를 따라 부르는 것이었습니다. 신이 난 나는 반디가 남들
앞에서 동요가 아닌 가요, 그것도 록을 부르는 모습을 보여주고
싶었습니다. 그래서 자꾸 사람들 앞에서 노래 한번 부르라고 반디에게
시켰더니 아예 노래 부르기를 거부해버리는 것이 아닙니까.
그래서 '교육 방법의 문제다' 라고 생각하고 강요하지 않기로 했죠. 그렇게
반디에게 록을 부르게 만들어야 한다는 생각을 잊고 지내던 어느 날
반디가 새로운 노래를 따라 부르는 걸 눈치챘습니다.

"늘 광기 어린 눈 난 미친 사람 같아……."
내가 좋아하는 자우림의 〈마론인형〉이란 노래를 반디가 따라 부르는
거였죠. 내가 매일 차 안에서 들었더니 무슨 뜻인지 알지도 못하면서
자기도 모르게 그냥 노래를 따라 부르는 거였습니다.
'아차' 하는 생각이 들더군요. 그 이후 반디가 차에 타면
반디가 좋아하는 노래를 같이 부르곤 합니다. 모르는 것은 반디에게
배우기도 하면서요.
"엉금엉금 기어가는 배추벌레는
어여쁜 노랑나비 되고 싶지만, 아저씨가 뿌려대는 농약 때문에
배 아프고 머리 아파 될 수 없대요."
요즘 반디가 좋아하는 노래입니다.
동요를 부르는 어여쁜 노랑나비 같은 반디.
난 무작정 반디에게 길들여지고 싶습니다.

붕어 매운탕

미친놈이란 소릴 들어도 마땅할 만큼 낚시에 환장한 친구가 붕어
몇 마리와 제법 큰 잉어 한 마리를 잡아 매운탕 끓여 먹자고 찾아왔습니다.
아내의 모진 구박에도 굳건히 혼자서 낚시를 하러 다니니 아내에게
매운탕 끓여달라고 할 수 있겠습니까?
매운탕에 눈이 뒤집힌 나를 위해 부엌일을 마다 않는
마음씨 좋은 내 아내에게 가져올 수밖에…….
아내들끼리 친분이 두터워서 남편들끼리도 서로
알게 된 사이라 우리 집으로 데리고 오면 그의 아내가 좋아하고
자기 또한 맛있는 매운탕을 먹을 수 있으니 그 친구에겐 이보다 더 알찬
일거양득이 어디 있겠습니까! 덕분에 나는 동네 친구들과 어울릴 때는
손도 대지 않던 일을 즐거운 일인 양 해야 합니다.
꿈틀거리는 물고기를 전문가처럼 한 손으로 인질 잡듯 잡고, 다른
한 손으로 날카로운 칼을 들고 붕어의 배를 갈라 내장을 꺼냅니다.
그리고 전쟁에서 패한 장수의 갑옷을 벗기듯 비늘을 칼로 긁어 벗겨냅니다.
"아빠 물고기 피 난다. 물고기 불쌍해."

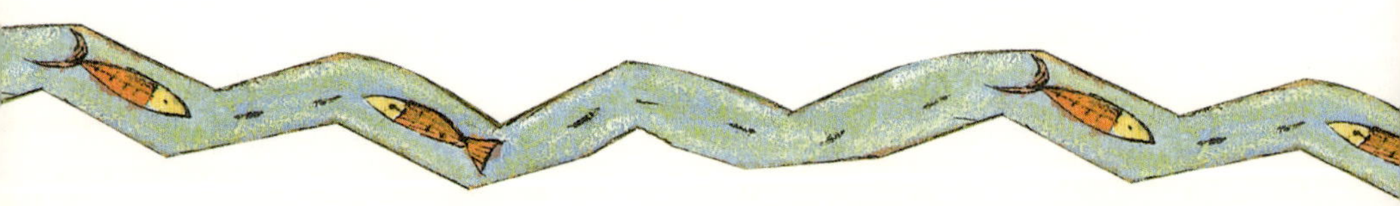

옆에서 보던 금붕어같이 예쁜 딸 반디가 피 흘리며 도마 위에 널브러져
있는 물고기를 보며 말했습니다.
"이거 생선이야. 엄마가 구워주는 생선 있지? 그거랑 같은 거야."
생선과 물고기의 차이점을 생각해내지 못한 나는 아무렇지도 않은 듯
태연히 반디에게 대답은 했지만, 매운탕을 다 먹고 술이 얼큰한
상태에서도 아니 술이 깬 다음날까지도 반디의 말이
머릿속에서 떠나지 않았습니다.
'뭐라고 설명해야 했을까?'
사실은 나도 물고기가 불쌍하다고 생각하고 있었기에
답이 나올 리 없습니다.
목에 걸린 억세고 강한 붕어의 가시처럼 그 생각은
머릿속에서 오랫동안 나를 괴롭혔습니다.

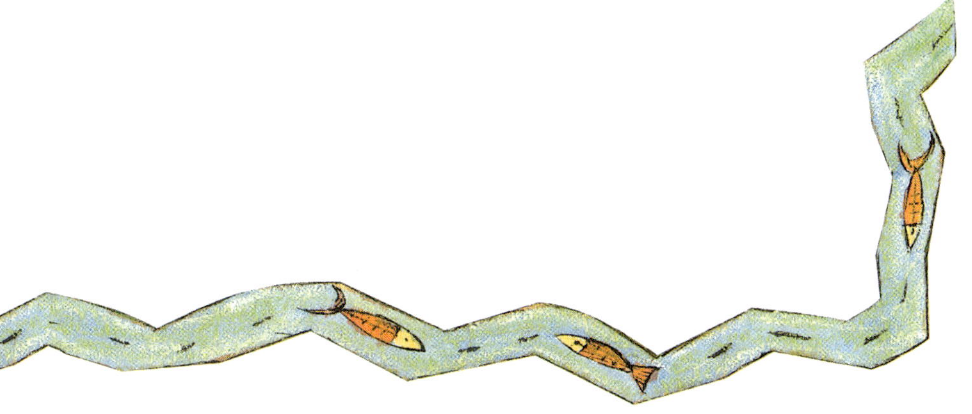

고모의 선물

10월 4일. 1004라는 것을 부정하고 싶은 사건들이 꾸역꾸역 생겨나기는
하지만 그래도 아직까지는 천사 같은 반디의 생일날입니다.
모르는 사람이 보면 반디의 진짜 엄마가 아닐까 할 정도로 반디를
사랑해주시는 내 큰누나, 반디의 고모가 있습니다.
같은 동네 산다는 이유로 반디가 태어나는 날부터 그 이후로도 많은 날들
그리고 다른 동네로 이사를 가실 때까지 반디에 대한 고모의 사랑은
다른 조카들을 제치고 각별했습니다. 자기네 문방구 물품을 쏟아 부으며
공들인 정 때문인지 반디도 큰고모를 특히 좋아했습니다.
오죽하면 반디가 처음 한 말이 "엄마" "아빠"를 빼면
큰고모네 문방구 게임기에서 상품이 나올 때 나오는
"됐다"라는 말이었을까요.
어느 날 큰누나가 반디에게 생일 선물을 담은 소포 하나를 보냈습니다.
반디가 유치원에서 돌아오기 전 아내와 난 궁금증에 항복하고
'남의 소포 몰래 먼저 보기'라는 죄를 범하고 말았지요.
선물상자 안에는 꽈배기 풍선 몇 개, 색색 머리끈 몇 개, 방울 달린
머리끈 몇 개, 피카추 열쇠고리 몇 개, 풀 한 개, 그리고 큰누나가 요즘
한창 재미 붙여, 얼마 전에 반디에게 다시 떠주기로 한 손뜨개 모자가
들어 있었습니다.

"별거 아니네. 제대로 된 걸로 하나 해주지. 문방구에서 이것저것
막 쓸어 담았구면" 하고 포장을 뜯은 채로 그냥 상자에 넣어두었다가
유치원에서 돌아온 반디에게 그 선물을 전해주었습니다. 반디는
생일 선물이란 말에 얼른 상자를 받아들고 뚜껑을 열어 보았습니다.
의외로 좋아하는 반디를 보며 '그래 다행이지 뭐' 하면서,
기다리고 있을 큰누나에게 얼른 전화를
걸었습니다. 정이 많은 만큼 잘 삐지는 누나거든요.
전화를 걸어 반디를 바뀌주었습니다. 둘만의 무슨 대화를 하는지 반디는
계속 "네…… 네……"만 했습니다. 그렇게 한참이 지나고 전화기가
내게 넘겨졌습니다.
"케이크도 안 사줬다며?"
바로 추궁이 들어왔습니다.
"미역국도 안 끓여줬다며?" 하지 않은 게 다행입니다.
"조금 있다가 시내 나가서 해줄 거야."
"꼭 해줘. 내가 반디한테 물어볼 거야."
그렇게 다시 한번 다짐을 받고 나서 큰누나는 다그치듯 물었습니다.
"반디가 선물 좋아하든?"
"그럼."

사실이야 어쨌든 나는 당연하다는 듯이 대답했습니다. 그리고 며칠이
지났습니다.
"반디 아직도 저거 가지고 놀아?"
나는 틈만 나면 선물상자를 쑤석거리는 반디를 보며
아내에게 물었습니다,
"그러게…… 벌써 며칠째야. 계속 꺼냈다가 담았다가
또 만지작거리고 잘 담아 넣고……"
반디는 내가 예상했던 것보다 훨씬 더 고모의 선물을 좋아했습니다.
아내와 난 서로의 붉어지는 얼굴을 보았습니다. 반디가 진정으로
원하는 것을 문방구 하는 큰고모가 더 잘 알고 있었습니다.

주주 팡팡

아이들이 텔레비전 보는 시간에는 아이들을 유혹하는 광고를 하기
마련입니다. 그 광고가 효과를 발휘해서 반디는 광고를 볼 때마다
이거 사달라 저거 사달라 무조건 우겨댑니다. 그러면 아내가
"나 팔아서 사라" 하고 소리를 지르거나 아니면 무모한 내가
그냥 사줘버리거나 그것도 아니면 반디가 저절로 잊어버리거나,
결론은 셋 중의 하나였습니다.
그런데 '주주 팡팡' 의 경우는 달랐습니다.
물에 띄워놓고 머리도 감기고 샤워도 시킬 수 있는 그 인형에
반디는 집요하게 매달렸고 지성이면 감천이라고 이번에는
아내마저도 손을 들고 말았습니다.
그러나 사달라고 무조건 사줄 수는 없죠.
"니가 돈 모아서 사."
그러겠노라고 고개를 당차게 끄덕이던 반디는 그때부터 돈을
모았습니다. 나는 구실을 찾아 슬쩍슬쩍 몇 천원 흘려주었지요. 그런데
돈에 대한 개념이 없는 반디는 받을 때는 좋아라 하면서도 금방 돈을
흘리고 어디 뒀는지 기억도 하지 못했습니다. 어쨌든 할머니네 갔다가
작은아빠한테 3천원 받아오고, 엄마랑 마당에서 달리기 시합해서
천원 벌고, 내가 또 "기분이다" 하며 천원을 쥐어주자 2만5천원의

거금이 반디 손에 쥐어지게 됐죠.

주주 팡팡이 대략 3만원 정도 하지 않을까 예상했었는데 마트에 간 길에 값을 보았더니 2만5백원이면 살 수 있더군요. 사다줄까 하다가 반디에게 사는 기분을 느끼게 해주고 싶어 다음 기회로 미뤘습니다.

그리고 며칠이 흐른 후, 아무래도 기회가 생기질 않아 우선 사다주기로 아내와 합의를 보고 주주 팡팡을 사서 반디에게 주었습니다.

너무 기뻐하는 반디! 유치원에서 오자마자 반디는 주주 팡팡을 가지고 놀았습니다.

"유치원하고 체육관만 빼고 어디든 가지고 다닐 거야."

가지고 다니거나 말거나, 문제는 그게 아니었습니다.

"반디야, 아빠가 아빠 돈 주고 사왔으니까 그 돈 아빠 줘야지?"

"싫어 안 줄 거야."

"그래? 근데 반디야, 아빠 돈으로 그 인형 사왔지?"

"어."

"그래서 그 인형 아빠가 반디 줬지?"

"어."

"그러면 그 인형 사온 돈 반디가 아빠 줘야겠지?"

"……."

"이해가 안 가? 그러면 주주 팡팡 아빠가 도로 갖는다."

"안 돼."

"그럼 돈 아빠 주는 게 맞잖아."

반디를 열심히 설득해보지만 소용없습니다.

"이해가 안 가기는 뭐가 안 가. 주기 싫은 거지."

아내와 나는 반디 몰래 웃으며 속닥거렸습니다. 그렇게 우리 부부는
그 일을 잊었습니다. 그러던 어느 날,

"아빠, 이 돈 가져. 아빠 돈으로 샀으니까 이거 아빠 돈이야."

내 딸이지만 이렇게 예쁠 수 있습니까? 일단 돈을 받았습니다.
그동안 얼마나 고민했을까?

"이걸 어쩌지. 난 받을 생각 없는데. 그냥 돌려줄 수는 없고……."

아내에게 고민을 얘기했습니다.

"나중에 책 사라고 그래."

나는 반디에게 나중에 함께 책 사러 가기로 하고 돈을 돌려주었습니다.
책을 사러 간다고 해서인지 돈을 돌려받아서인지 반디는 얼른 돈을
받아들고 저금통으로 뛰어갔습니다.
나랑 비슷한 생각을 하고 있는 아내를 보며 나는 씩 웃었습니다.

1학년 2반
이름 김반디

평범한 하루

상쾌한 아침공기를 마시며 하루를 시작하는 게 좋은 줄
뻔히 알면서도 잘 안 됩니다.
허둥지둥 반디를 씻겨 몇 수저 밥을 먹이고 유치원에 보내기 위해
교하를 향한 죽음의 레이스를 펼칩니다.
그렇게 반디를 유치원에 보내고 일 때문에 그대로 서울로 차를 돌렸죠.
교하에서 일산을 거쳐 자유로로 빠지는 길이 이젠 익숙해져갑니다.
새로운 길을 다닌다는 것, 새로운 동네를 알아간다는 것,
흥미로운 일입니다.
아침밥을 파는 부지런한 식당, 가구 거리…… 그러나 곧 출퇴근길에
익숙하지 못한 내가 행주대교를 지나면서 여지없이 교통지옥을 만납니다.
느릿느릿 천천히 가며 차들을 보니 면도하는 사람, 신문 보는 사람,
화장하는 사람, 어젯밤 틀림없이 과음을 한 듯 보이는
하품하는 사람…….
서로 바쁘게 달릴 땐 보이지 않던 것이 느릿하게
움직이다보니 보이네요.
다시 내부순환로 쪽으로 빠져 마징가 제트 구형 날개 띄워주는
활주로 타듯 날아올라 세상을 벗어나려는 새처럼 달려보지만
너무 많은 미련이 있기 때문인지 날지는 못하고

그저 달리기만 합니다.

세상의 굴곡을 넘듯 무악재를 넘고, 다시 사직터널을 지나 시청 옆을
지납니다. 시청에 계시는 분들 때문인지 막힌 속 뚫는 소화제 같은
경찰 아저씨들이 막힌 길을 강제로 시원하게 뚫어줍니다.
그렇게 도착한 충무로에서 볼일을 끝내자마자 집에 호떡이라도 감춰놓은
사람처럼 집으로 치달립니다.
오늘은 아내가 음료수를 사오라고 했습니다.
'가다가 사야지, 가다가 사야지……'
기회와 찬스에 약한 난 어느새 내부순환로를 지나고 자유로로
접어들어버렸습니다.
'이대로 가면 살 곳이 없는데…….
음료수를 산 다음에 출발했으면 쉬울 것을……'
일산 시내로 접어들어 먹이 찾는 하이에나처럼 거리를 헤매고 다닙니다.
처음 입덧 시작할 때 김밥하고 쫄면 먹고 싶다고 해서
'금촌보다는 일산 쪽이 낫겠지' 하는 생각으로 늦은 시간에
일산 시내를 헤매던 그 악몽이 되살아납니다.
결국 샀으면 억울하지나 않지. 사지도 못하고 패잔병처럼 퇴각했던 일이
생각났던 겁니다.

그래도 오늘은 비교적 수월하게 음료수를 샀네요.
마치 큰 멧돼지라도 사냥한 듯 의기양양하게 집으로 돌아와
일부러 문도 쿵 닫고, 멋있게
"음료수 사왔어. 먹어"
합니다.

무지개 같은 꿈

도자기 물레 작업하랴 반디 돌보랴 임신한 아내가 갈수록 초췌해갑니다.
조금이라도 아내를 쉬게 하려는 마음에 반디를 꼬셨습니다.
"코코아 사줄게, 같이 나가자."
"싫어."
"아이스크림 사줄게, 같이 가자."
"아이스크림 냉장고에 있어."
최후의 수단으로 예전부터 사달라던 그림물감을 미끼로 썼습니다.
"물감 사줄게."
"그래."
사실 안 사주려고 했습니다. 내가 아크릴 물감 짜서 쓰는 것 보고 자기도
그런 거 사달라고 하는 것인데 지워지지도 않는 아크릴 물감 사주면
옷 다 버릴 것이고 또 이미 아내가 쓰던 전문가용 수채화 물감을
반디에게 주었기 때문입니다. 그래도 수채화 물감을
아크릴 물감인 양 사주려고 함께 나갔습니다.
충무로 거래처에 우선 그림 전해주고 광명시로 향하는 길에
물감을 사주기로 하였습니다. 그런데 시간은 점점 흐르는데 문방구는
보이지 않고…….
반디가 몸을 비비 꼬기 시작합니다. 어쩌면 물감을 선물 받지 못할지도

모른다는 사실을 반디가 알면 실망할까봐 나는 내색하지도 못하고
그저 가슴만 탑니다. 광명시 근처에서 문방구가 있을 법한
동네를 빙빙 돌았습니다.
내 머리도 빙빙 돌고…….
최후의 수단으로 '문방구 하는 큰누나에게 물감 하나 꺼내달래자' 하며
전화를 걸려는 순간 그 늦은 시각에도 열심히 장사하는 문방구를
발견했습니다. 편두통이 갑자기 멈춰버린 것 같은 느낌!
너무 고마워 깎아달라는 소리도 안 했습니다.
편한 마음으로 거래처에 두번째 그림을 전해주고 집으로 돌아가려는데
반디가 반드시 거래처에서, 새로 산 물감으로 그림을 꼭 그려야 한답니다.
집에 가서 그리자고 아무리 꼬셔도 이미 삐져버린 반디는
요리 홱 조리 홱 토라지기만 합니다.
결국 그곳 주인의 양해를 얻어 무지개를 그린 후에야
집으로 올 수 있었습니다.
운전하는 내 옆에 앉아 물감을 꼭 안고 졸지도 못하는 반디에게
"졸리면 자, 반디야" 했더니 얼마 안 가 반디는 잠이 들었습니다.
잠든 반디 머리 위로 반디가 그린 예쁜 무지개가 피어올랐습니다.

슬픈 드라이브

아내는 소금물에 담가놓은 배추가 절을 대로 절어 빨리 김치를
담가야 하고, 나는 마감이 내일이라 그림을 그려야 하는데
마감도, 김치 담글 일도 없는 반디는 제일 먼저 일어나 낮잠 한 번
자지 않고 줄기차게 놀았음에도 말똥말똥한 눈으로, 그림 그리려는 나와
김치 담그려는 아내에게 참견합니다.
"저게 잘 때가 되었는데……."
시간이 점점 늦어지는 게 안타까운 나와 아내의 생각입니다.
할 수 없이 비상수단을 쓰기로 했습니다.
"반디야, 나가자."
"어디 가는데?"
어디라고 해도 알지도 못하면서 꼭 물어봅니다. 차를 타고 드라이브를
나섰습니다. 차 탈 때만 해도 전혀 잘 것 같지 않던 반디가 거짓말같이
곯아떨어졌습니다.
지난 슬픈 기억이 떠오릅니다. 아내와 함께 일러스트 작업할 때였습니다.
마감은 닥쳐오는데 어린 반디는 잘 생각도 하지 않고…… 그래서 잠을
재우기 위해 반디를 차에 태워서 집 근처 주위를 뱅뱅 돌았죠. 그것도
며칠 하자 잠자는 시간이 늦어져 더 많은 거리를 뱅뱅 돌았습니다.
"왜 차만 타면 잘 자지?"

"집에 있을 땐 뇌가 안정되니까 활발하게 움직여 이것저것 참견하느라
잠이 안 오는 거고, 차를 타면 몽롱한 상태가 되어 뇌의 활동이
정지되니까 잠이 잘 드는 거 아닐까?"
나의 비과학적인 말에 아내도 동감했습니다.
그러자 '참 못할 짓 하는구나' 라는 생각이 들면서
누가 먼저라고 할 것도 없이 시무룩해졌습니다.
슬픈 드라이브였습니다.

반디의 미끄럼틀

"와, 저기 놀이터도 있네. 애들 데리고 오면 좋겠다."

노천에 나갔던 손님의 말씀입니다.

사실 노천작업을 하면서 한 번도 놀이터를 만들려고 생각한 적은 없습니다.

노천에는 그네와 미끄럼틀 그리고 나무판 위로 흐르는 물길과

원두막 그리고 의자 몇 개가 있습니다.

사실 그네는 어른들이 타면서 저녁노을에 취해 차도 마시고

술도 마시라고 만든 것입니다.

문제는 어른들이 탈 리 없는 미끄럼틀입니다. 미끄럼틀과 함께 있다보니

그네도 아동용이 되어버린 것입니다.

처음에 미끄럼틀은 반디를 생각하며 만든 것입니다.

반디랑 병원에 갔을 때 거기 있는 미끄럼틀을 너무 재미있게 타기에

"좋다, 아빠가 만들어준다"고 했죠.

마침 노천작업중이어서 병원에 있는 미끄럼틀보다 곱절은 더 크게

만들었답니다.

"무서워할 텐데…… 너무 높지 않나?" 하던 아내의 걱정을

비웃듯 유치원에서 돌아온 반디는 무서움은커녕 앞으로 타고,

거꾸로 타고, 거꾸로 뛰어 올라가고 너무 재미있게 놀아서

내가 노력한 보람을 느끼게 해주었죠.

단 하나 문제는, 자기나 재미있게 놀지 우린 그네나 타며 술 마시는 게
제일인데 아내와 나를 거꾸로 오르게 하고 자기처럼 거꾸로 타게 한다는
것입니다. '까짓 거' 하는 마음으로 어린 시절을 생각하며
그럴듯하게 미끄럼틀을 탔습니다.
손님들이 하나 둘 늘고 따라오는 아이들이 미끄럼틀을 타게 되고
그네도 타게 되자 노을을 바라보며 술 마시리라던 상상은 어디 가고
아이들 데리고 오기 딱 좋은 곳으로 우리 가게 이미지도 바뀌었네요.
저음엔 내 의도와 다르게 흘러가는 게 싫기도 했지만
친구가 귀한 시골에서 손님으로 오는 아이들과 금방 친해져 노는
반디와 아이들을 보면서 차라리 잘되었다고 생각합니다.
어른들은 맘 편히 차 마실 수 있고, 아이들은 어른들에 이끌려 다니는
지루함을 달랠 수 있으니…….
이제 곧 봄이 오고 날이 따뜻해져 노란 스머프들이 나다니기
좋을 때가 되면, 노천에 있는 놀이터가 더 붐빌지도 모를 일입니다.
많은 친구들 속에 둘러싸인 반디를 보게 되는 날, 어쩌면
미끄럼틀 옆에 시소라도 만들어야 하는 것은 아닌지 모르겠습니다.

동강에서 정동진까지

그렇게 망설이던 여행을 떠났습니다.

항상 떠나고 나면 드는 생각!

"이렇게 떠나고 나면 좋은 것을 왜 떠나지 못하는 것일까?"

동강 강가에서 다른 사람들이 래프팅하는 거 구경하고,

저녁에 달 뜨는 거 구경하고,

아이들이 자는 동안 아내랑 소주도 한잔 했습니다.

다음날 아침 내친 김에 정동진으로 향했습니다.

산 속 깊숙이 빠져들 듯 들어가는 도로는 철길과의 만남과 헤어짐을

반복하고…….

정동진역 그리고 바닷가!

조금은 촌스럽더라도 남들처럼

모래시계 소나무 옆에서 사진도 찍고……

밀려오고 달아나는 파도와 장난치는 딸아이.

이렇게 떠나면 되는 것을…….

기다리는 시간

아내가 드럼 배우러 가는 날입니다.
반디가 지루해하는 것 같아서 함께 데리고 갔습니다.
아내를 학원 앞에 내려주고 아내가 수업 듣는 한 시간 반 정도의
시간을 보내기 위해 반디와 나는 호수공원으로 갔습니다.
아직은 다 지나지 않은 겨울 아침, 날은 차고 아이들 타는
장난감 말 위에 밤새 내린 하얀 서리가 아직
햇볕에 항거하며 버티고 있습니다.
나는 누가 빨래를 하는지 생각지도 않고 팔꿈치로 터프하게 그 서리를
닦았습니다. 그리고 멋있는 아빠인 양 한마디 합니다. "반디야, 타라"
반디가 엄마를 기다리는 지루함도 잊고 재미있어합니다.
반디는 또 자동판매기를 발견하고 코코아를 먹으러 뛰어갑니다.
강화도 바닷가에서 코코아를 먹은 후 자동판매기만 보면
코코아를 먹는다고 하고, 코코아가 세상에서 제일 맛있는 줄 압니다.
찬바람을 피해 호빵 세 개와 코코아와 커피를 사서 차 안으로
들어갔습니다.
반디는 코코아랑 호빵을 먹고, 나는 커피랑 호빵을 먹었습니다.
착한 반디는 엄마 몫이라며 야무지게 호빵 하나를 챙기더군요.
반디와 나는 배부른 모습으로 열심히 고무판(드럼 기초 연습기구)을

두드려댈 아내를 상상하며 기다림조차 즐거움으로 보냅니다.
반디는 그 시간이 즐거웠는지 그후로도 몇 번이나 그곳에 가자며
졸랐습니다. 언제 날 잡아서 한 번은 꼭 갈 생각입니다.
그날 반디가 그렇게 졸랐는데도, 영업을 시작하지 않아 태워주지 못한
자전거를 다음에는 꼭 태워주고 싶습니다.

넷이 아니라 다섯이라도

사람들은 말합니다.
"넷만 되어봐라. 맘대로 다니지 못할걸."
반디 낳기 전에는 "뱃속에 있을 때가 편한 거야. 밖으로 나와봐,
맘대로 다닐 수 있나"라고 말했던 사람들입니다.
그런데 우리는 마음대로 돌아다녔습니다. 백일도 안 된 반디를 안고
포장마차, 재즈바, 서해안 여행 그리고 사무실……
안 데리고 다닌 곳이 없습니다.
주위의 우려를 말끔히 씻고 반디는 멀쩡하게 아니 천재적으로
잘 자랍니다.
이제 부쩍 커버린 반디는 아주 당연히 엄마 아빠 따라다니는 것을
좋아합니다. 그러니 둘째가 태어난다 한들 못 다닐 이유가 없죠.
선배가 모처럼 옳은 말을 한 적이 있습니다.
"넷이 되어야 진짜 가족이지. 셋은 어딘가 짝이 맞지 않는 것
같고 식당에 가도 넷이 앉아야 자리가 딱 맞아."
사람들은 간혹 우리 가족에게 매일 붙어 있으면서 무슨 할 얘기가
그렇게 많냐고 물어봅니다. 어쩌다 만나는 친구보다 자주 만나는
친구와 할 얘기가 많듯 함께 오래 있을수록 쌓이는 정이 많으니
할 얘기도 많을 수밖에요.

나와 아내는 반디에게 가끔씩 하는 잔소리말고도 해줄 얘기가 많고,
또 반디도 아내와 나에게 쏙닥쏙닥 해줄 얘기가 많습니다.
반디가 중학생이 되어도 가능하겠느냐구요?
글쎄요…… 그게 그렇게 불가능한 일일까요?

네 또래 가족사진

우리 집 한쪽 벽에는 네 아이의 흑백 사진이 걸려 있습니다.
여자아이 둘, 남자아이 둘.
함께 찍은 사진도 아니고 나이 차이도 조금씩 나 보이지만 그저
정다운 친구처럼 나란히 걸려 있습니다.
남자아이는 내 어릴 적 사진과 백두연 사진이고, 여자아이 둘은 아내의
어릴 적 사진과 반디의 어릴 적 사진입니다.
네 아이는 사진 속에서 또래처럼 어우러져 있습니다.
정다운 모습으로, 아주 사이좋게…….

백두연의 협상

감기 기운이 있으면 밥맛을 잃는 백두연의 투정이 오늘 저녁엔
유난히 심하자 아내가 매를 들고 나섰습니다.
손을 내밀라면 손을 내밀고 눈 한 번 꿈쩍 안 하고 맞던 반디와는 달리
백두연은 도망도 다니고 엄살도 부릴 줄 압니다.
"손 내밀어, 어서."
그러자 발을 들어 올리며 백두연이 말했습니다.
"발."
(발 맞으면 덜 아픈가?)
아내는 억지로 웃음을 참습니다.
"누가 발 대라고 했어. 손 대랬지. 다섯 대 맞는 거야, 알았어?"
백두연은 손가락을 네 개 펴며 울먹이는 목소리로 말했습니다
"네 대."
"뭐가 네 대야? 다섯 대라니까."
백두연은 네 대가 아닌 다섯 대보다 몇 대 더 맞았고 아내는 웃음을
참기 위해 혀를 깨물어야 했습니다. 곁에서 바라보던 나와 반디는
백두연이 보지 않게 고개를 돌리고 킥킥 웃어댔습니다.
아내의 입가에도 슬그머니 미소가 번지자
백두연이 기회를 잡은 듯 씩 웃으며 엄마 품에 안기며 말합니다.
"엄마 나 좋아하잖아."

우리 가족의 꿈은 록 밴드 결성

우리 가족의 꿈은 록 밴드 결성입니다.

반디와 백두연의 의견을 무시하고 아내와 내가 결정한 일입니다.

오래 전부터 염두에 두었던 것인데 이제 현실화시키기 시작했습니다.

물론 서두르지 않습니다. 반디뿐만 아니라 백두연까지 자라야 하니까요.

아내와 내가 악기 배우는 걸 먼저 시작했죠.

보나마나 아이들이 우리들보다 악기 다루는 걸 더 잘 터득할 테니까요.

존 보냄을 좋아하는 아내는 드럼을 선택했고, 나는 고등학교 때부터

한 번이라도 제대로 연주해보고 싶어했던 기타를 배우기 시작했습니다.

당연히 걸음마 단계인지라 아내는 '꿍짝꿍짝' 하고

나는 '띵띵띵띵' 하지만 시간이 늦어도 함께 연습을 하노라면

벌써 꿈은 하늘에 가 닿아 있습니다.

"정말 우리 가족이 함께 음악을 연주한다면 얼마나 짜릿할까!

음악으로 대화하는 가족!"

아내와 나는 악기 배우는 걸 더 일찍 시작할 걸 하며 아쉬워합니다.

하루빨리 곡을 연주할 수 있는 날이 오면

아내가 좋아하는 본 조비의 〈올웨이스〉를 목청껏 불러주고 싶습니다.

산울림의 노래부터 시작해 메탈, 그리고 작사 작곡의 고개를 넘어

내가 제일 가보고 싶은 아트 록의 경지까지 갈 수만 있다면……

구원의 눈길

"지금 어디 있어? 백두연이 아빠 찾아."
"산책로에 있어. 금방 갈게."
이제 막 뒷산에 오르기 시작했는데…… 그래도 나는
웃으며 산을 내려갑니다.
얼마 전까지 내가 자식들이랑 아내랑 다같이 잘 먹고 잘 살자고
농장에 무지하게 신경 쓸 무렵, 반디는 물론 백두연까지도
많은 시간을 자기들과 함께 보내는 엄마만 좋아했습니다.
나는, 악역을 맡은 아내처럼 애들 혼내지도 않았고 마트에 가면
"너희들 먹고 싶은 것 다 골라. 다 사준다" 하며 잘해주었건만,
애들은 엄마만 좋아했습니다.
'세상에 이럴 수는 없다.'

반디는 자기 방 침대에서 자고 우리 부부는 백두연과 함께
안방에서 잡니다. 안방 침대 아래의 한 명은 내가 되기도 하고
아내가 되기도 하고 때에 따라서는 백두연이 되기도 하는데,
잠버릇이 험한 백두연 때문이죠.
딱딱한 바닥이 싫은 아내는 백두연과 함께 침대에서 자보려 하지만
백두연의 발길질에 못 이겨 결국 침대 아래로 내려갑니다.

뒹굴뒹굴 구르다가 바닥으로 내려간 백두연은 엄마를 찾아

새벽에 올라옵니다.

나는 그저 그때그때 두 사람의 상황에 따라

이리저리 옮겨 다니며 딱딱해도, 발길질에 채여도 좋으니,

그저 아무 데나 한 곳에서 아침을 맞이하는 게 소원입니다.

이러던 차에 드디어 백두연의 침대가 생겼습니다.

백두연의 침대는 반디방 반디 침대 옆에 놓았습니다.

그런데 혼자 자기에 익숙하지 않은 백두연은 누군가를 찾습니다.

발길질이 겁이 난 아내는 나를 백두연 곁으로 파견 보냈지요.

백두연의 발길질의 위력을 익히 아는 나는

'그래 아내보다는 내가 맷집이 좋지' 하며

백두연의 발길질을 온 몸으로 막아낼 심산으로

흔쾌히 파견을 나갔습니다.

백두연은 예상대로 발로 차기도 하고 자기 발을 내 목에 얹기도 하고

내 머리카락을 만지작거리기도 하는데 나는 온 몸으로

혹은 머리카락으로 자랑스럽게 아들의 공격을 받아내며

파견의 임무에 충실했습니다.

그렇게 아들과의 동침(?)이 계속 될수록 나는 아들의 공격에

익숙해져갔고 이제 백두연은 엄마 대신 아빠를 찾습니다.
"아빠, 응가 마려."
"아빠, 쉬 마려."
자다가 새벽에 일어나서도 "아빠, 일어나. 우유 줘."
비몽사몽간에 우유를 따라주고 안방으로 가려 하면
백두연이 내 잠옷자락을 붙잡습니다.
"아빠, 어디 가?"
어린이집에서 돌아와 잘 놀다가도 아빠를 찾았습니다.
특히 백두연은 아내에게 혼이 날 때면 나에게 구원의 눈길을
보내옵니다. 그러면 나는 아내의 눈길이 더 무서워
그 구원의 눈길을 애써 외면하곤 하지요.
"아빠가 좋아, 엄마가 좋아?"
이제는 옛날과 처지가 바뀐 아내는 다그치듯이 혹은 애원하듯이
자신이 원하는 대답을 추궁하지만 백두연은 교묘하게 빠져나갑니다.
"엄마 아빠 다 좋아."
백두연의 대답은 계속 이어집니다.
"누나도 좋고 할아버지 할머니도 좋고 어린이집의 지수랑 현서도 좋아.
그리고……"

그래도 나는 압니다.
백두연이 아프고 힘들 때면 엄마를 찾는다는 사실을요…….

이젠 맛있는 게 없어!

"여보 닭발 좀 사다주라, 응?"
아내의 계속되는 애교 반 협박 반에 일하다 말고 닭발을 사러 갔습니다.
며칠 전 맛있게 먹었던 매콤한, 보기 드문 맛의 닭발입니다.
한동안 잊지 못한 채 꿈꿔오다 더이상 참는 것은 몸에 해로울 것
같았던지 아내는 나를 오지로 내보냅니다.
"그렇게 먹고 싶으면 자기가 갔다오지 왜 날 시킨담?"
간혹 장롱 면허인 아내가 차를 끌기도 했지만, 탱크 같은 지프차로
바꾼 뒤로는, 눈 내린 지난 겨울의 우리 집처럼 아내의 면허증은
다시 장롱 속에 처박히는 신세가 돼버렸습니다. 남편이 기사 노릇
해주지 않으면 어딜 나가지도 못하는 아내의 신세…….
나는 바람처럼 달려가 닭발을 사왔습니다. 아내는 맥주를 가지고
들어왔고 나는 한쪽 무릎에 백두연을 앉혔죠. 우리 가족은 상에 둘러앉아
닭발을 먹기 시작했습니다.
8개월을 갓 지난 백두연이 자꾸만 상 위의 음식을 만지려고 합니다.
이렇게 먹는 것에 대한 집착이 강할 땐 아무리 갓난아이라도 백두연을
감당하기가 힘이 듭니다. 보행기에 태워도 보고, 분유도 타줘보고,
장난감을 쥐어줘봐도 백두연은 오로지 상 위를 공략하기 위해 총력전을
펼칩니다. 아내는 닭발을 먹어보지도 못한 채 아기와 이리저리 씨름하다가

애를 안고 흔들의자로 가서 앉아버립니다.

얼마 전 삼겹살을 구워 먹을 때도 지금처럼 백두연이

자꾸 상으로 기어오르려 했습니다. 삼겹살은 닭발과 달리 뜨겁기 때문에

솥뚜껑과 음식을 아기 없는 쪽으로 이리 옮겼다 저리 옮겼다 하다가

보통 두 근씩 먹어대던 양을 미처 한 근도 해치우지 못한 채

누가 먼저랄 것도 없이 그 자리를 마감했던 악몽이 생각납니다.

그러더니 오늘 또 이 모양입니다.

힘들게 멀리까지 가서 사온 보람도 없이 무슨 맛으로 먹었는지 모르게

닭발을 몇 개 더 먹고 아내와 교대했습니다. 아내는 괜찮다며 당신이나

많이 먹으라고 하지만 닭발이라는 것이 술이랑 함께 먹어야 맛있지

배 고파서 먹는 식사도 아니고 너 한 번 먹고 교대, 나 한 번 먹고 교대.

그게 무슨 맛이 있겠습니까?

백두연 누나라고 예외겠습니까? 누나 머리 잡아당기고 매달리고

그래도 신경질 한 번 내지 않는 진짜 착한 누나 반디는

동생을 피해 이리저리 옮겨다니다 상 밑에 닭발을 내려놓고 먹으면서

한마디 던집니다.

"엄마, 왜 나는 맨날 상 밑에서 먹어야 돼?"

이젠 정말 맛있는 게 없습니다.

오일 파스텔과 크레파스

세상 아버지들이 다 그림을 그리는 줄 아는 딸 반디는 크레파스나
쓰면 족할 나이임에도 내가 사용하는 미술재료들이 마냥 좋아 보이나
봅니다. 반디가 처음 관심을 가진 것은 수채화 물감이었습니다.
어느 날, 아빠가 그림 그리는 걸 보니까 분명히 자기와 다른 것으로
그리거든요. 자기도 그걸로 그리겠다고 떼를 쓰며 수채화 물감을
갖고 싶어했습니다. 아직 여러 가지 색깔을 쓸 줄도 모를 때 일입니다.
"그림 그리는 아빠를 둔 복이라고 생각해."
이렇게 말하면서 아내가 쓰던 고가의 전문가용 수채화 물감이 담긴
팔레트를 반디에게 주었습니다. 그런데 그걸로 끝이 아니었습니다.
예전에 반디에게 색 사인펜을 분명히 사주었는데도 반디는 마카에
손을 대기 시작했습니다. 마카는 휘발성이 있어 지워지지도 않고
뚜껑을 열어놓으면 못 쓰게 되지만,
'그래 지금 쓰지도 않는데 네가 그림을 그리겠다면 그까짓 것 못 주겠냐'
하며 마카를 반디 손에 넘겼습니다.
그후에도 반디의 미술재료에 대한 욕심은 끊이질 않습니다.
"아빠는 좋은 게 정말 많아."
오일 파스텔! 크레파스 비슷한 것이 케이스도 자기 크레파스보다 더 좋고
색도 자기가 가진 것보다 엄청 많다는 것을 반디가 알게 된 것입니다.

입가에 묘한 웃음을 지으며 뻔히 알면서 모르는 듯 알아서 실토하라는 듯
"아빠 이게 뭐야?"
아차 하는 순간과 함께 "응 아빠 크레파스야."
"나 한 번만 빌려줘."
"넌 니 크레파스 있잖아."
또 떼를 쓰기 시작합니다.
빌려준다는 것은 비싼 오일 파스텔을 크레파스 취급하는 것과
마찬가지입니다. 반디가 다른 데 신경 쓰는 동안 서랍에 있던
오일 파스텔을 치웠습니다. 그랬더니 계속 뒤지는 거예요.
"아빠 그거 어딨어? 네모난 데 들은 거."
계속 보채는 반디 때문에 난 마감을 미루고 다른 일을
할 수밖에 없었습니다.
'반디야, 네가 이것들을 제대로 사용할 줄 알면 아빠는 너한테
이거 다 줄 거야. 어디 이것뿐이겠니……'

단상 斷想

1. 얼굴이 세모인 사람이 살았대요.

2. 어느날 자기처럼 세모그릇에
밥먹고 세모침대에서 자고 세모꿈을
꾸는 사람을 만나 결혼하게 되었대요.

꿈

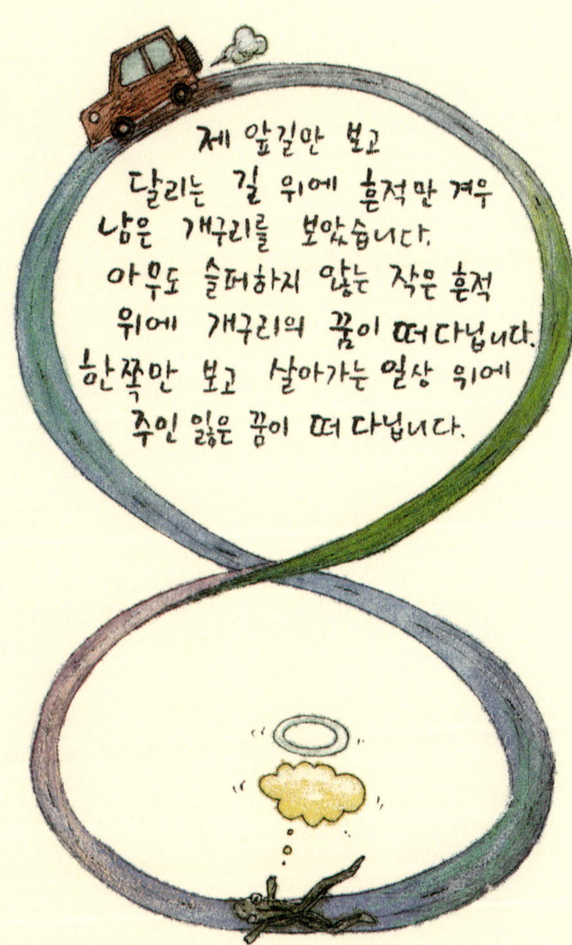

제 앞길만 보고
달리는 길 위에 흔적만 겨우
남은 개구리를 보았습니다.
아무도 슬퍼하지 않는 작은 흔적
위에 개구리의 꿈이 떠다닙니다.
한쪽만 보고 살아가는 일상 위에
주인 잃은 꿈이 떠다닙니다.

껌

이를 악물고 씹습니다. 단물을 하나도
남김없이 빼먹었습니다. 습관처럼 씹고
씹다가 씹는 것조차 힘들다며
차창 밖으로 투에-
하고 버렸습니다.

다행입니다,
버려진 것이 사랑이 아닌
"껌" 이라서 ….

봉숭아씨들

장독대 위에 말려놓았습니다.
장마가
시작되었습니다.
급한 비부터 막느라 잊고
지냈습니다.

장마가 끝나고 보니 싹이 돋았습니다.
싹들을 접시에 담아 키웁니다.
그리고
볼 때마다 생각합니다
"시련을 기회로 삼아 싹트는 놈"

산 너머 산

기껏 오른 산 너머에
더 높은 산이 보이는 것은 산을 다 오르지
못했기 때문입니다. 오르고 또 오르면
제일 높은 곳에 닿는 날 있겠지요.
그러나 산을 내려올 때를 아는 것
그 또한 인생입니다.

새소리가 아름다워
새장 속에 가두어
놓았습니다.
낮에 그렇게 잘 울던 새가
꼭 밤에만 우는 이유를
물어보았습니다.
" 낮에 울다가 잡혔으니 밤에만 울어야지요 "

때 늦은 새다운 생각입니다.
우리의 머리가 새처럼 변해가고 있는 것은 아닌지
거울을 봐야 할 때입니다.

멸종된 새

흰 눈이 쌓인
높은 산에 새 한마리가
　　살고 있었답니다.
밤이 되면
"내일은 꼭 집을 지어야지"
아침이면
"아 날씨 좋다"
하고 소풍을 갔습니다.
그리고 밤이 되면 추위에 떨며
"내일은 아침 일찍 일어나
　　　집을 꼭 지어야지"
하는 것이었습니다.
　그러나 역시 아침이
되면 또 소풍을
　　가는 것이었습니다.

언제나 아쉬움이 남는 한해가 마침표를
그리며 저물어갑니다. 나는 얼른 마침표에
꼬리를 달았습니다.

외양간

소 잃고 외양간 고친다는
말이 있습니다.
"이미 소가 도망갔는데
뭐 하러 외양간을 고칩니까"
이런 내 생각을 비웃고
비는 또 와서 외양간마저 쓸어갔습니다.

자식놈 보면 귀엽기 말로 다 못합니다.
먹는 것 볼 때나, 자는 것 볼 때나
말썽 피우는 것조차 귀엽습니다.
갑자기 깜짝 놀라 뒤를 돌아다보았습니다. 아버지 어머니
나를 바라보는 눈이 있습니다. 자식입니다.
눈입니다. 나도 생각합니다.
자식을 보며 부모를

부모 3

객토

"이 논을 밭으로 만든 뒤, 비닐하우스를 지어 채소를 심어볼 작정이다."
아버지가 스무 해 전에 아들인 나에게 하신 말씀입니다.
그 이후 부모님은 매일 그 일에 매달리셨고 우리 형제들도 학교에
갔다오면 가방 내던지고 그 일을 거들었습니다.
해마다 비닐하우스 안에는 주로 봄에는
토마토가, 가을에는 오이가 심어졌습니다.
내가 그렇게 학창시절을 보내고 군대를 갔다오는 동안에도 토마토와
오이는 비닐하우스 속에서 자라고 있었습니다.
어머니의 무릎이 망가지고 아버지의 허리가 사용한도를 이미 훨씬
지났을 무렵, 땅도 병이 들기 시작했습니다. 아무리 정성을 다해도 이랑째
죽기 시작했고, 아무리 소독을 해대도 소용이 없었습니다.
결국 객토를 결심한 아버지는 비닐하우스를 다 헐어내고 계단식으로

생긴 지형을 평지로 만들어 그 위에 새 흙을 받아

땅을 바꾸고 다시 비닐하우스를 지으셨습니다.

지형에 따라 이 방향 저 방향으로 지어졌던 하우스는 평지로 변한

새 땅 위에 아파트처럼 가지런히 들어섰습니다.

그러나 그것은 진통제에 불과했습니다.

망가진 어머니의 무릎과 아버지의 허리가 일을 쉬면 괜찮다가

다시 일을 시작하면 고통이 도지듯, 다시 토마토며 오이를 심자

저 깊숙한 땅 밑에서부터 새 땅 위로 병균이 올라오기 시작했습니다.

그 땅과 부모님의 몸이 한계에 다다르는 동안 누나 둘과 나

그리고 동생 둘이 시집 장가를 갔고 손자 손녀가 생겨났습니다.

나는 그 땅에 농원을 하겠다고 아버지께 말씀드렸고 아버지는

그 땅의 일부를 사용하도록 허락해주셨습니다.

야생화도 심고, 화원에 허브도 가꾸고,

아버지가 토마토를 가꾸던 비닐하우스 안에 보도블럭을 깔아

그 위에 탁자를 놓고 차와 식사를 할 수 있도록 꾸몄습니다.

객토된 땅 일부는 주차장으로 만들기 위해 폐골재와 석분을

들이부었습니다.

"농사지어서는 먹고살기 힘든 세상이야. 관광산업을 해야지."

아버지는 그렇게 말씀하셨습니다.

나는 계속해서 그 객토된 땅 위에 놀이터를 만들고

도자기 작업장을 만들었습니다.

"수확을 늘리기 위해 땅을 바꾸는 것이 객토라면, 더 많은 수확을

올리기 위해 이루어지는 일들 또한 또다른 객토가 아닐까?"

나는 그렇게 생각했습니다. 그래서 '빨리 돈 벌어 힘든 일 그만하시고

아버지가 좋아하시는 서예 공부나 계속하실 수 있게 해드려야지'

하고 생각했습니다.

처음에 아버지는 우리 농원을 다른 사람에게 '애들 장난하는 곳'이라며

소개하시더니 요즘은 친구분들과 함께 구경하러 오시기도 하십니다.

그날도 아버진 동네 친구분들과 함께 오셨습니다.

"난 땅을 살리기 위해 열심히 객토했는데 그 땅에 폐골재가

들이부어질 땐 가슴이 아프더라고.

그러나 어쩌겠어. 자식놈이 뭐 좀 해보겠다는데……

농사 지어서는 먹고살기 힘든 세상이고, 우리 시대는

이렇게 가는 거지."

아버지의 말씀은 폐골재가 되어 내 가슴에 들이부어졌습니다.

'아버지만큼 이 땅을 아껴 쓰고, 사랑할게요.'

소

아버지의 머리에서 뿔이 났습니다.
아버지의 코에 코뚜레가 채워졌습니다.
그 코뚜레 끝을 자식들이 잡고 있습니다.
자식, 언젠가 소가 될 놈.

노부부가 피우고 간 담배 한 개비

꼬불꼬불한 길을 따라가다보면 크고 화려한 집들이 눈에 띄는데,
그것들을 전부 그냥 지나치면 마침내 우리 부부가 운영하는
자그마한 카페가 보입니다.
"꿈을 파는 구멍가게"
어느 날, 특별한 손님 두 분이 들어오셨습니다. 노부부였는데 시내에서도
보기 힘든 외제 승용차를 타고 오셨더군요.
찻집에 오셨으면 차부터 주문하실 것이지 그 어르신네는
담배부터 시켰습니다.
"카페 이름이 구멍가게니까 담배는 있을 것 같아 왔수.
담배 있으면 한 갑 주시구랴. 이십 년 동안 끊었던 담배인데
갑자기 피우고 싶어서……."
나는 그 말을 듣고 '외제차 끌고 다니시는 것 보면 돈 걱정할 분들
같지는 않은데 무슨 일이길래 이십 년 동안이나 끊었던 담배를
피우려 하세요' 하고 묻고 싶었지만 옆에 있는 노부인조차 할아버지께
담배를 권하시는 것을 보고 슬며시 그만두었습니다.
그분은 담배를 피우시고 차를 드시며 한참이 지난 후 나를 부르셨습니다.
"이거 장사해서 먹고 살 만한가? 자식도 있는 것 같은데……."
"예, 그럭저럭 먹고 삽니다. 그림 그리는 일도 하고요……."

"그림 그려요? 저 벽에 있는 거 당신이 그린 거구먼. 의자랑 탁자도
직접 만들고?"
"네. 그저 좋아서 하는 일이지요."
"내 막내자식놈이 그림 그려요. 회화하는데 난 맘에 안 들어.
무슨 그림인지도 모르겠고. 그림을 그렸으면 전시회 같은 것 해서 팔든지
할 것이지 그런 것도 아니고…… 집 근처에 화실 차려줄 테니 돈 벌면서
작업하래도 도통 말을 안 들으니…… 날 닮아 고집만 세서는……."
이십 년 만에 담배를 피우게 한 장본인인가…….
"길에서 멀리 떨어져 있어 힘들 텐데…… 손님은 많이 와요?"
"그냥 조금씩…… 오셨던 분이 다시 오시거나 지나가다 호기심에
들르시는 분들도 있고…… 다른 것보다는 제가 좋아서 하는 일이니까요.
돈은 많이 못 벌어도 애가 흙에서 뛰어 놀고 아내도 도자기 작업하면서
시골생활에 만족해하고 있고요. 좋은 분들 만나는 것도 큰 보람이지요."
"당신을 보니 자식놈 생각이 더 나는군."
노부부는 한참을 이야기하다 한 개비만 피우신 담배 한 갑을 놓아둔 채
가셨습니다. 어쩌면 우리 하는 일을 만족해하지 않으시던 부모님도
우리 걱정을 하실지 모른다는 생각에 담배 한 개비를 꺼내 물었습니다.
놓고 간 담뱃갑에 두 개비가 비었습니다.

깊은 맛

아내가 맛소금을 넣어도 내지 못하는 '곰탕'의 맛을
굵은 소금 휙휙 뿌려 더 깊은 맛을 내는 어머니께
이유를 물어보았습니다.
"서두르지 않고 가마솥에
오래도록 끓이기 때문이다."

거북이 산행

거북이가 차가운 바람 속을 헤치고 느릿느릿 산을 오릅니다.
"거북아, 너도 산에 오르니?"
"어. 나도 저 꼭대기에 올라가보고 싶어."
"그런 걸음으로 언제나 오르려고?"
"벌써 이만큼 왔잖아. 우리 아버지도 올라가셨는걸."
거북이 같은 내가 아버지를 바라봅니다.
힘겹게 세월을 오르시는 아버지.
자식을 이끄는 힘입니다.

아버지의 눈

내가 할 수 있는 자식 노릇이란 것이 힘들게 농사 지으시는
부모님을 돕는 게 그저 다였는데 결혼 후에는 부모님 돌볼 겨를도
없고 이젠 큰일 때나 형제들이 모이게 됩니다.
그나마 가까이 사는 남동생이 부모님께 자주 들러 장남인 나를
대신해 많은 일들을 거들고 있어 다행입니다.
농삿일로 건강하시던 아버지도 세월만은 이겨내지 못하십니다.
예전 같으면 혼자서 뚝딱 해버리셨을 논둑 쌓는 일을 동생과 나
그리고 작은아버지까지 모여 하게 됐습니다.
마음을 따라주기엔 너무 혹사시켜버린 몸을 이끌고 아버지는
오늘도 논둑으로 나가십니다.
"아버진 정열의 소유자인 것 같아요. 뜨거운 가슴을 가진……"
막걸리를 몇 잔 먹은 내가 주책스럽게 평소에 아버지에 대한 생각을
말해버렸습니다.
"젊은 시절엔 그랬지. 이젠 늙었다."
바쁘게 허둥지둥 살다보니
아직도 다 풀지 못한 뜨거운 가슴,
맘만 먹으면 무슨 일이든 할 수 있을 것 같았던 날들이
글썽이는 아버지의 눈 속에 보이는 것 같아 내 가슴이 찡합니다.

그런 아버지를 닮아가는구나!
먼 세월을 응시하던 아버지는 시선을 추스리고 손자 손녀들에게
가십니다. 아이들의 재롱이 낙이 되시나 봅니다.
아이들을 손수레에 싣고 이리저리 끌고 다니시며
깔깔대는 손자 손녀들 소리로 덜 식은 가슴을 식히십니다.
그날 방천은 아버지와 아들들이 힘을 모아 다 쌓았지만, 무너져가는
아버지의 가슴은 쌓아드리지 못했습니다.

아버지의 뒷모습

내가 작업하는 공간 저 유리창 뒤엔 아버지가 물고기를 기르시는
연못이 있습니다. 그 연못 안에는 동생이 낚시를 해서 잡아다 놓은
큰 물고기와, 아버지가 개울에서 잡아다 놓은
작은 물고기들이 어우러져 살아갑니다.
아버지는 물고기들을 새들로부터 지키기 위해 연못 위에
보호막을 치셨고, 물이 부족하다 싶으면
양수기로 물을 넣어주십니다.
연못 앞에는 의자 두 개가 놓여 있습니다. 아버지는 그 의자 옆에
물고기 사료를 사다 놓으시고 가끔씩 뿌려주며 물고기가
사료 먹는 모습을 의자에 앉아 즐겁게 구경하십니다.
그런데 나는 아버지의 처진 어깨 너머로 자꾸만
다른 생각들이 떠오릅니다.
혹시나 해서 여쭤본 말에 아버지가 한마디 하십니다.
"……나는 물고기를 구경하지만 물고기는 나를 구경하겠지?"

청춘*

술 한잔 드시고 〈아빠의 청춘〉을 부르시던 때가 있었습니다.
그렇게 즐겁게 청춘을 일터에 바쳤습니다.
그러던 아버지가 이젠 다른 노래를 부르십니다.
"청춘을 돌려다오. 억울한 내 청춘을……."
들이킨 소주 한잔에 부르시는 노래입니다.
하지만 머잖아 나도 아버지와 함께
"아버지의 청춘"을 부르겠지요.

*IMF가 우리에게 큰 시련을 주었지요.
청춘을 바쳐 일했던 곳에서 거품이 되어 축출되던
우리네 아버지들의 한탄을 글로 적어보았습니다.

반디의 의자

"아빠 나 의자 만들어줘. 할아버지가 그러래. 유치원차 기다릴 때
차가운 돌멩이에 앉아서 기다리지 말고 의자에 앉으라고."
반디가 매일 추운 데서 유치원차를 기다린다는 생각을 하면서도
딸내미 의자 만들어줄 생각을 못했습니다.
반디가 유치원 갈 때 걸어가는 길이 모두 농장 안이라
일부러 걷게 하는 건데, 아무래도 추운 겨울이 문제였던 것 같습니다.
유치원차가 항상 제 시간에 오는 것도 아니고…….
"어떻게 만들어야 할까? 차가워도 안 되고 비에 젖어도 안 되는데."
고민하다가 하루가 지나고 또 하루가 지났습니다.
그러던 어느 날 깜짝 놀라고 말았습니다.
반디가 기다리던 자리에 차갑지도 않는, 비에 젖지도 않는 의자가
만들어져 있었습니다.
스티로폼!
아, 뒤통수를 한 대 얻어 맞은 기분이었습니다.
내가 우물쭈물하는 사이에 아이는 돌멩이에 앉아 있었고
그것을 보다 못한 아버지가 손수 의자를 만드신 것입니다.
내가 제대로 챙기지 못하고 허둥대기만 하는 일들을 아버지가
또 가끔은 어머니가 이렇게 챙겨주십니다.

이젠 내가 아버지 어머니를 챙겨드려야 하는데
마흔을 먹어서도 늘 이 모양입니다.

북어

어머니가 북어를 두들겨 패 잘게 부수십니다.
푸른 바다를 명태라는 이름으로 누비던 놈입니다.
그렇게 누볐으면 황태라도 될 것이지 겨우 말라 비틀어진
북어가 되었습니다.
까짓 북어면 어떻습니까?
아버지 술국에는 그놈이 제일입니다.
바다를 잃어버리신 아버지!
그놈과 친구 사이입니다.

김장 담그는 날

〈부모〉
작년만 해도 모여서 김장 담그는 일이 즐거웠지.
어차피 심는 거, 자식들 몫으로 조금 더 심어 김장할 때
자식놈들하고 막걸리라도 한잔 할 수 있으면 그게 좋은 거지.
큰딸네가 좀 짜게 먹는데, 거야 뭐 소금 더 뿌리면 되고.
그런데 이젠 힘에 부치네. 자식들도 저마다 가정을 꾸리고 사니
김장 담그는 당일에 오기 일쑤지. 배추 날라다 씻고 절이고……
이젠 힘에 부쳐서 이번엔 각사 따로따로 담가 먹기로 했지.
그런데 큰딸네가 그러대. 서울에서는 장소도 좁고 물 쓰기도 나빠
여기서 배추를 절여라도 갔으면 한다고. 게다가 큰아늘놈은
마누라가 입덧 한다고 아예 김장을 안 하겠다는 거야.
둘째아늘놈네는 거의 매일 집에 드나들며 일 돕고 하니
따로 김장 담그라고 할 수도 없고
결국 이번에도 함께 담그기로 했네 그려.

〈첫째딸〉
동생들이 결혼하기 전에는 그리 힘든 일이 아니었어.
양념만 준비하면 됐었고, 식구들과 모여 고기 먹는 것도 재미있었으니까.

그런데 이제와서는 모여서 김장하는 것도 일이더라고.
해드려도 표가 안 나고 여태까지 별탈 없던 일들이 각자 살아가다보니
좋아하던 음식맛도 달라지데.
우리 식구는 부모님네보다 짜게 먹는데 짜게 한다고 말들 많고,
올케들 눈치도 보이고. 특히 지난해에는 말들이 많아
차라리 혼자 하는 게 속 편하지 하는 생각도 들었어.
그런데 올해는 김장을 따로 하자는 연락이 오더군.
처음엔 잘됐다 싶었는데 가만히 생각해보니 마당도 없는
연립주택 안에서 김치 담그는 게 만만치 않겠더라고. 배추를 절이고
씻는 일을 어디에서 하겠느냐고 글쎄. 그래서 엄마한테 그런 사정을
말씀드렸더니 올해만 다시 모이자는 연락이 왔어.
가게문 닫기는 싫지만 엄마 고생하는 거 훤히 보이는데
아무리 가게 일이 바빠도 꼭 가야지.

〈둘째딸〉
서울 살 때만 해도 함께 식구끼리 어울려 조금씩 김장을 담가 갔는데
의정부에 내려와 살게 된 작년부터는 남편도 거의 집에서
식사하는 횟수가 없고 또 워낙에 우리 식구들이 많이 먹지도 않아.

그냥 형제들과 조카들 만나러 가는 거지.

올케들이 둘씩이나 있는데 나까지 일을 해야 하나 싶기도 하지만

막상 가면 나몰라라 할 수도 없잖아.

우리 식구 중에 나 혼자 김치를 좋아하지만 나도 매일 집에 있는 것도

아니고 저녁 늦게야 집에 오는데 먹어야 얼마나 먹겠어.

정 먹고 싶으면 새 김치 조금씩 담가 먹으면 되지.

그래서 올해 김장을 따로 한다길래 잘됐다 생각했는데,

언니네는 집이 좁다고 배추라도 절여 갔으면 하고 동생네는

올케 임신했다고 아예 김장을 안 담그겠다고 버티니 결국 올해도

함께 김장을 하기로 한 거지.

내일은 애들하고 가까운 데라도 바람 쏘이러 가려 했지만

엄마도 나이 드셔서 힘들 테고 올케들도 임신해 힘들 텐데 모든 것을

미루고 김장을 담그러 가야겠어. 사실 내 손이 가야 맛있어지거든.

일은 많이 못하더라도 애들만 봐줘도 내 몫은 다하는 거겠지?

〈셋째—장남〉

그러려니 하고 늘 함께 해왔습니다. 그런데 시간이 지날수록 말들이

많아지고 내 것만 하면 편할 것을 김장값은 김장값대로 들고

힘은 힘대로 들어 따로 했으면 하는 생각을 한 적도 있습니다.

그런데 하필 이번에 따로 한답니다.

지금 아내는 임신을 해서 김치는 냄새도 맡지 못합니다.

장사 때문에 문을 닫을 수도 없는데요.

그래서 요즘엔 사철 배추가 나오니까 아내 입덧 끝나면 조금씩
담가먹기로 하고 김장을 포기하기로 했습니다. 그런데 어떻게 김장을
안 해먹냐며 담가줄 테니 가져다 먹으라고 합니다. 그렇게 할 수는
없어서 내가 가게를 보고 입덧이 조금 나아진 아내를 부모님댁으로
보내기로 했습니다.

임신한 거 아니까 양해 구하고 할 수 있는 만큼만 일하라고 했지요.

〈넷째―차남〉

우린 김치 몇 쪽 먹지도 않습니다. 나도 매일 나가서 먹고 아내 혼자
먹어야 얼마나 먹겠습니까? 부모님 가까이 산다고 형이나 누나 오면
꼭 가야 하고 장남도 아닌데 장남처럼 부모님 일 맡아서 하고 매일
일 도와주러 가서 거기서 밥 먹으니 우리 먹는 김장 정도는
부모님네서 몇 포기 얻어다 먹어도 됩니다.

아내도 임신해 힘들어하던 차에 마침 따로 한다니 잘 되었습니다.

그런데 누나네는 집이 좁아서 또 형네는 형수 임신했다고 김장을
못 담그겠다네요. 결국은 올해도 함께 하기로 했습니다.
나야 여러 형제들 모이는 거 좋지만 아내는 우리 두 식구 먹을 양보다
훨씬 많은 양을 담가야 하니 또 힘들게 되었습니다.

〈다섯째—셋째 딸〉
시집 가서 시부모님과 함께 살아요. 모시고 산다기보다 얹혀 사는
격이지요. 김장 때만 뇌면 걱정이에요. 형님네도 우리와 함께 사니
우리 것만 할 수도 없고, 그러다보니 친정부모님께 폐를 끼치게 돼요.
배추를 그냥 가져가면 좋을 텐데 자가용으로는 다 싣고 갈 수 없어서
절이고 씻어서 가져가다보면 더 일이 많아지죠. 이번엔 따로 한다더니
결국엔 함께 하는 모양이네요. 우리도 날짜를 잡아서 또 폐 끼치러
가야겠지요. 시집살이하는 나를 이해해주셨으면 좋겠어요.

이런저런 우여곡절을 거쳐 올해도 김장은 여럿집이 모여서 함께
했습니다. 이번에는 작년과 달리 처음에 김장을 같이 하느니 안 하느니
말들이 많아서인지 정작 모여서는 누구 하나 티격태격하지 않고
재미있게 일했다더군요.

누나도 가게문 닫고 일찍부터 내려와 손이 부울 정도로 무 닦고,
자르고, 아내와 제수씨도 임신한 몸으로도 열심히 일했고, 작은누나도
열심히 했답니다. 남동생은 말은 많았지만 내가 못하는 일까지
도맡아 했다죠. 반디도 홍연이랑 신나게 노는 것으로 한몫 하고……
아직 먹어보지는 않았지만 정으로 버무려진 이번 김치는
틀림없이 맛있을 겁니다.

옥수수

아들, 며느리, 손자 삶아주시고 남은,
벽에 걸린 옥수수 한 자루!
알맹이마다 지난 여름의 즐거운 추억을
담고 있습니다.
이제 벽에 걸린 채 가족들을 바라보며
알마나 푸른 씩으로 돋는 날을
기다립니다.
나도 기쁨을 수확하는
싹이 되고 싶습니다.

복숭아 나무 수난기

부탁하신 농약을 전해드리려고 부모님께 갔더니
"이거 잘 익은 복숭아야. 너만 몰래 먹고 올라가" 하시며 보물처럼
숨겨 놓았던 복숭아를 몇 개 꺼내 놓으셨습니다.
'난 원래 복숭아 이렇게 잘 먹어요' 라고 보여주기라도 하듯이 우걱우걱
몇 개를 먹었습니다. 그리고 아무일 없었다는 듯이 손 닦고 입 닦고
아내에게 갔습니다. 그리고는 바로 부모님께 배반이라도 하듯이
"나 복숭아 먹고 왔다" 하고 아내를 놀렸습니다.
그러나 아내는 내가 개고기 먹고 왔을 때처럼 "그게 뭐 맛있다고……"
하는 눈치였습니다.
생각해보니 아내는 시원한 수박을 더 좋아하는 듯도 하네요.
그런 복숭아 나무인데, 아버지는 봄이 되자 굴착기까지 동원해
복숭아 나무를 저 멀리 옮겨버리셨습니다.
도통 남에게 부탁하거나 싫은 소리하기 싫어하시는 아버지가
며칠 동안 아쉬운 소리해가며 주인을 졸라 허락을 얻어내시더니
개울 옆 개복숭아 나무마저 베어버리셨습니다.
관리가 제대로 되지 않아 잔가지만 무성해 버스 기다릴 때나 그늘로
이용하던 노인정 옆의 개복숭아 나무도 들어내졌습니다.

복숭아 나무의 수난기!
이 모두가 당신의 며느리, 나의 아내가 복숭아 알레르기에
걸려 며칠 고생한 후에 일어난 일들입니다.

할머니의 무조건 사랑

"네가 토요일날 준비물 적힌 쪽지를 가져오지 않아서 준비물을 가져가지
못한 거지. 엄마가 준비물이 뭔지 어떻게 알아."
초등학교에 갓 입학한 반디가 준비물을 가져가지 못한 것에 대해
엄마 탓을 하다가 오히려 혼나고 있는 중이었습니다.
"오늘 못 가져갔으면 내일 가져가면 되지."
일하다 물 드시러 오셨던 어머니가 말씀하셨습니다.
"오늘 못 가져가서 수업 못한 걸 내일 가져가면 수업할 수 있어요?"라고
아내는 말하고 싶었겠지만 언제나 어머니는 애들 편이란 것을
그리고 그것이 할머니의 사랑이라는 것을 알기에
그냥 그쯤에서 반디 나무라는 것을 멈추었습니다.
일 끝내고 집으로 올라가시던 할머니가 백두연에게 들켰습니다.
"와, 할머니다."
백두연이 쪼르르 달려가 할머니 품에 안깁니다.
"나 할머니네 집에 갈래."
이미 막을 수 없는 상황이고 말려봤자 울리기만 한다는 것을
모두 압니다.
"할머니 일 많이 하셔서 피곤해. 쉬셔야 해."
아내가 그래도 한번 말려보지만 그 말을 어머니가 막습니다.

“괜찮다.”
“할머니 업어줘.”
“안 돼. 할머니 다리 아프셔. 천천히 손 잡고 걸어가.”
“괜찮다.”
어머니는 아프신 다리로 백두연을 업고 갑니다.
백두연은 할머니 등뒤에서 쫑알쫑알 쉬지 않고 조잘거립니다.
아마 어머니께는 손자의 이야기가 모두
“백두연이 할머니 좋아” 하는 소리로 들릴 것입니다.

맨발의 족보

난롯가에 앉아 한쪽 발을 다른 발 무릎 위에 올려놓고 습관처럼
양말을 반쯤 벗었다 신었다를 반복합니다. 벗기에는 아직 겨울이 지나지
않았고 신고 있자니 양말이 젖은 것처럼 끈적끈적합니다.
그러다 결국 '에라 모르겠다' 벗어버렸습니다.
어머니가 생각났습니다.
아버지는 여름에도 그것도 방안에서까지 양말을 꼭 신는 분이지만
어머니는 한겨울에도 집에만 들어오시면 양말을 벗어 던지셨습니다.
입시 준비를 위해 외할머니 댁에 머물 때, 방에 들어오자마자 양말부터
벗어 던지는 내 모습을 보고 "네가 엄마를 꼭 닮았구나" 하시는
외할머니 말씀을 듣고서야 내 맨발의 족보가 어머니와
닿아 있다는 걸 알았습니다.
그때부터는 어머니의 양말 벗어 던지는 모습을 보면 둘만의 공감대라도
형성된 듯 좋아했고 술에 취해도 발은 꼭 닦아 어울리지 않게
깨끗한 척한다는 소리를 들어야 했습니다.
요즘처럼 봄이 다가오는 때에는 양말 신기가 그렇죠. 잘 참고 있다가도
오후가 되면 습하다고 발가락이 신호를 보냅니다.
그러면 양말을 벗어서 탁자 밑에 놓고, 작업실 책상 위에 놓고……,
사방에 양말들이 굴러다닙니다.

그런데 어느 날, 맨발의 족보가 딸 반디에게로 이어지고 있다는 것을
알게 되었습니다.
추운 날씨에도 양말을 획획 벗어 던지는 반디!
나는 어머니와 느꼈던 공감대를 딸 반디에게 느끼며 좋아하지만,
아내는 추운 날씨에 감기라도 걸릴까봐 걱정이 태산입니다.
"지 아빠 닮아서 그래."
공감대의 울타리 속에 들지 못하는 아쉬움을 아내는 이렇게 표현합니다.
답답함을 참지 못하고 양말 획획 벗어 던지는 딸을 보며
양말 벗어 던지는 어머니를 생각하듯 딸 반디는
양말 벗어 던지는 자기 아이를 보며 나를 생각하고
할머니를 생각할지도 모를 일입니다.
이런 맨발의 족보 생각에 혼자 웃다가
"아직은 추운 날씨야. 감기 걸려"
하는 아내의 잔소리를 들으며 아내가 꺼내준 새 양말을 신습니다.

호박

집으로 돌아오는 길에 길 옆에서
할머니가 파시는 누런 호박
한 개를 사왔습니다.

"형, 이거 형수님 드려."
동생이, 보기만 해도 탐스러운 호박
한 개를 사왔습니다.

딩동딩동.
"내가 키운 호박 중에서 제일 큰 놈으로 가져왔다."
시골에 계신 아버지가 호박을 가지고 올라오셨습니다.

호박 부자가 된 우리!
출산을 앞둔 아내보다 내가 더 기뻐합니다.

단상 斷想

1. 얼굴이 세모인 사람이 살았대요.

2. 어느 날 자기처럼 세모그릇에 밥먹고 세모침대에서 자고 세모꿈을 꾸는 사람을 만나 결혼하게 되었대요.

3. 그러다가 둘이는 네모가 되지 말고 별이 되자고 생각했습니다.

달팽이

달팽이가 도시로 나왔습니다.
사람들 사이로 걸어가는 달팽이의 모습이 불안해 보입니다.
사람들이 달팽이를 보고 웃었습니다.
달팽이도 사람을 보고 웃었습니다.
그래도 달팽이는 자기 집이 있습니다.

먹는 것 남는 것

먹는 게 남는 것이라고 했습니다
밥을 먹고 과일도 먹고 책도 먹고 컴퓨터도 먹었습니다.
배도 불러 살도 찌고 교양도 높아졌습니다.
조그만 것 하나만 더 먹어야지 하다가
체하는 바람에 모두 토해냈습니다.
마지막 하나 욕심이었습니다.

날개

집을 이고 날아가는 새가 있습니다.
왼쪽 날개에 내가 있고 반대편 저쪽에 동반자가 있습니다.
한 사람이 지쳐 힘들더라도 너무 나무라지는 마십시오
조금 늦으면 어떻습니깨! 함께 기울지 않고 날아가는데…….

완벽한 형태

보이지도 않는 것이 만져지지도 않는 것이
어쩌면 존재하지 않는 것처럼 느끼다가 내 정신이 타락하면
창으로 방패로 혹은 올가미로 완벽에 가까운 형태로 다가오는 거짓.
지금도 보이지 않는 형태로 우리 주위를 서성이고 있습니다.

각본에서 감독,
촬영까지 제가 다합니다.
당연히 주연 배우는 저고요.
행복하게 끝나는
영화가 되었으면 좋겠습니다.
한 가지!
제가 찍는
인생이라는 영화!
재 촬영이 없습니다.
하루 하루,
한순간 한순간이
중요한
한 것입니다.

4

인생이라는 독립영화

설거지는 제일 편한 시간

아내는 화초처럼 키워야 한다는 말에 전적으로 공감하면서도
나는 아내에게 "아이디어 짜내라" "공방하게 도자기 배워라"
하는 것도 모자라 시부모 계신 본가로 끌고 들어와
억수로 고생만 시켰으니 미안한 마음이 절로 듭니다.
저녁에 일을 마치고 돌아와보니 밥솥에 찬밥이 그대로 있습니다.
아침밥 할 때 부모님 몫까지 해놓았는데 부모님이 만두국을
끓여 드신 모양입니다. 항상 따뜻한 밥을 차려 드려왔던 아내의 얼굴이
순간 어두워지며 어깨가 축 늘어집니다.
"반찬이 없으셨나? 그럼 무얼 해드리지?"
아내가 애처로우면서도 나는 백두연의 마중을 핑계 삼아
도망가려는 아주 나쁜 생각이 슬그머니 들기도 했습니다.
'집안 일은 도와주는 것이 아니라 함께 해야 하는 것'이라고 생각하며
나 나름대로 열심히 해왔지만 오늘 같은 날은 손빨래(세탁기로 빨면
그만이지 왜 꼭 삶고 손으로 비비고 하는지)도 미리 알아서 비벼주고
방도 닦고 또 아이들이 가지고 놀던 장난감도 더 열심히 치워야 합니다.
아내가 좋아하는 비디오를 빌려오는 것은 당연한 일입니다.
그래도 "빨래를 살살 비비는 것 같아. 힘 뒀다 뭐해?" "이게 방 청소
한 거야? 먼지 그대로 있네." "장난감 어질러 있어도 치워야 한다는 생각

안 들지?"이런 아내의 평가를 피해갈 수는 없는 모양입니다.

특히 아이들 문제에 가서는 아내의 꼼꼼함이 더 심해집니다.

아내는 아이들을 혼내고, 타이르고, 밥 먹이고, 재우는 일을 잘 챙깁니다.

반면에 나는 애들에게 밥 좀 먹이려다 안 먹으면 "먹기 싫은가봐."

애들이 뭔가 잘못을 하면 "애들이 다 그렇지 뭐."

방 어질러놓으면 "치우면 또 어지를 텐데."

이럽니다. 심지어 아이를 엄하게 혼내야 하는 때도 '좀 봐주지……'

이런 생각만 힙니다.

엄마에게 혼이 나면서 아이들이 눈빛으로 나에게 구원 요청을 할 때,

나는 비굴한 모습을 보이며 슬며시 어디론가 사라집니다.

그래서 내가 제일 편하게 생각하는 시간은, 부엌문 열고 나가

시골 야경 바라보며 담배 피우는 시간도 아니고 아내 옆에서 졸지 않으려

긴장하며 비디오 보는 시간도 아니고 화장실에서 자유로움을 느끼는

시간도 아닌, 바로 설거지하는 시간입니다.

설거지는 화장실에 쭈그리고 앉아 빨래 비비는 것보다

폼도 나고, 비교적 쉬운 편이며 힘도 덜 들죠.

그때는 아이들이 싸우거나, 똥을 싸거나, 어지르거나 하는

말썽을 부려도 신경 쓸 필요가 없습니다.

손에 퐁퐁이 묻었는데 어쩌란 말입니까? 괜히 제대로
쉬지도 못하면서 멍청히 앉아 있다가 괜한 벼락을 맞느니
뭐라도 열심히 하고 있는 편이 백번 현명한 일입니다.
이런 저런 생각을 하며 오늘도 나는 열심히 설거지를 합니다.
"그릇 정리 잘해놔. 다시 정리하지 않게."
"싱크대 거품 좀 봐. 이것도 좀 잘 닦아놓고."
그런데 오늘은 설거지하는 시간도 편치 못하군요. 아내가 비디오보다
더 좋아하는 맥주를 사러 가야 할까 봅니다.

고물시계

땡땡땡.

아주 오래된 시계가 세시를 알리는 소리입니다.

가게에 오신 손님이 그 시계를 보고는 씩 웃습니다.

그 웃음 속에 '어릴 적에 내가 쓰던 거네' 하는 향수와

'아직도 저런 시계가 있네' 하는 신기함이 배어 있습니다.

그러다 과거의 향수에서 돌아와

"저 시계 틀리네" 합니다.

끼니마다 꼭꼭 태엽밥을 먹으면서도, 정신없이 제 앞길만 보고

달리는 사람들을 째각째각 비웃으며 시계 바늘은 저렇게

느릿느릿 가는군요.

상관없는 일입니다. 시계가 없는 세상도 아니고,

시간이야 좀 틀리면 어떻습니까?

그 시계는 지난날에 대한 향수로 많은 이들을 즐겁게 하니까

그것으로 그의 역할은 충분합니다.

또다른 가족

그림 갖다주러 시내에 나갔다가 돌아왔습니다.
그런데 뛰어 나와 달려들어야 할 강아지 두 마리가 보이지 않습니다.
"아니 이놈들이 어딜 갔지? 검둥아! 바둑아!"
아내와 나 그리고 반디는 사방으로 바둑이와 검둥이를 찾아다녔습니다.
그리고 뭘 잘못 먹었는지 아픈 듯 누워 있는 바둑이를
발견하였습니다.
별의별 생각이 다 들면서 그네들의 애비인 쫄랑이가 죽던 때가
생각났습니다. 어미개인 풀잎이와의 사이에서 아직 걷지도 못하는
새끼 강아지 다섯 마리를 남겨놓고 쫄랑이는 그렇게 갔습니다.
그때 쫄랑이를 묻어주며 잘 피우지 않는 담배까지 피웠던 기억이 납니다.
풀잎이가 새끼 날 때가 아내 임신초기라 풀잎이에게 미역국을
매일 끓여주었었는데 그렇게 태어난 새끼들을 남겨놓은 채
쫄랑이는 갔습니다.
그때의 악몽이 되살아나 사방을 찾아 헤매었지만 검둥이의 모습은
보이질 않았습니다. 찾기를 포기하고 살아 있기만을 바라며
우울한 기분을 달래려 친구가 하는 술집에 갔습니다.
그 집 개한테 괜히 심통만 부리다가 다시 집에 돌아오니까
어디 갔다 왔는지 검둥이가 돌아와 있었습니다.

그동안 그 녀석들에게 했던 짓이 새삼 너무나 미안하게 생각됐습니다.
뒷산까지 누비고 다니던 강아지들을 집안 울타리 밖으로
나가지 못하게 했거든요.
돌아다니다가 남의 밭을 망쳐놓을까봐, 씽씽 지나다니는 차에
치어죽을까봐…….
그 다음날 울타리를 넓게 만들어주었습니다.
미안하다 검둥아 바둑아, 풀잎아!

까치집

논으로 가는 길을 내기 위해 나무를 자른답니다. 땔감이 필요한 나도
무지막지한 엔진 톱을 들고 나가 그 일을 한몫 거듭니다.
그 사람들은 길을 얻었고 나는 필요한 양의 나무를 얻었습니다.
아무도 나무에게 물어본 적 없습니다. 그냥 인간들이 내린 결정입니다.
김밥 썰듯 잘려진 나무 위쪽 잔가지 사이로 까치집이 보입니다.
까치에게 물어본 사람? 아무도 없습니다.
사람들이 하는 일입니다.

사람을 모이게 하는 난로

우리 집에는 나무 때는 난로가 하나 있습니다. 땔나무가 없어
한동안 고생했습니다. 추위에 정신까지 얼었는지 많은 돈으로 치장한
깔끔하고 편리한 전기 온풍기를 충동구매했습니다.
그렇지만 나무를 구하고 나서는 다시 조강지처 찾듯이 난로를 찾고
온풍기는 구석으로 밀어버렸습니다.
입덧하는 아내를 핑계 삼아 좋아하는 두부를 먹으러 갔다가
그 식당에서 얻은 나무였습니다. 그 집에 쌓여 있는 나무를 보고
어디서 구했냐고 물어보라는 아내의 말을 못 들은 척 무시하고
밴댕이 주변머리로 그냥 가려는데 이번에도 여지없이 아내가 일을
해냈습니다. 나무를 먹은 만큼 난로는 따뜻합니다.
난로는 사람들을 주위에 모여들게 하는군요.
구수한 냄새를 풍겨가며 고구마가 익어가고, 고구마가 익을 무렵이면
이야기도 익어갑니다. 학교 다니던 시절 도시락 올려놓았다가 먹던 얘기,
시골서 군고구마며 콩이며 밤을 구워 먹던 얘기, 가래떡을 난로에 문질러
과자처럼 만들어 먹던 얘기…… 매일 다른 분이 다른 얘기를
난로에 얹어놓고 가십니다.
그래서 나는 난로가 좋습니다. 사람들을 따뜻함으로 불러모아 좋습니다.
모두 따뜻한 겨울 보냈으면 좋겠습니다.

풍각쟁이 친구

"공사는 잘 돼가요?"

"예, 거의 끝났어요. 많이 바뀌었죠?"

나와 형제처럼 지내는 친구가 가게에 찾아왔습니다. 젊은 시절
밤무대 밴드에서 보컬 생활을 해오다 결혼 후 안정된 가정을 꾸리기 위해
자동차 공업사에서 일을 하는 친구입니다.

지난 초여름, 그 친구는 감추고 지내던 꿈을 되살릴 기회를
가졌었습니다. 지하에 작은 공간을 빌려 조금은 거칠어 세련된 맛은
없지만 나름대로 개성 있는 인테리어를 꾸미고, 음악 하던 친구들을
불러모아 장사를 시작한 거죠. 장사는 잘 안 되었지만 그는 이제야 자기
꿈을 찾은 듯했습니다.

그런데 1년이 되기도 전에 그는 그의 공간을 처제에게 물려주었습니다.
장사는 갈수록 안 되고, 가정마저 깨져갔기 때문에 그는 다시 꿈을 접고
자동차 공업사로 들어갔습니다. 지금은 안정된 가정을 꾸려가고 있지만
꿈은 차마 버리지 못하고 꼬깃꼬깃 접어서 주머니에 넣어두었습니다.

"일 끝나고 저녁에는 뭐 해요? 음악활동은 안 해요?"

"처제가 밴드는 싫대요. 통기타면 몰라도."

무대를 잃어버린 친구. 그는 아직도 '풍각쟁이'의 꿈을
꿉니다.

봄이 담긴 화분

시내에 장보러 나갔다가 작은 화분에 담겨 서둘러 나온 작은 꽃들을
보았습니다. 어릴 적 들이나 산에서 보던 들꽃은 아니지만
누군가의 손에서 예쁘게 자란 그 모습이 봄을 기다리는
추운 내 마음을 붙들었습니다.
있는 돈 톡톡 털어 대여섯 개의 화분을 샀습니다.
봄을 샀다는 기쁨에 얼른 화분들을 차에 실었습니다.
화분을 따라온 봄이 차 안에 가득합니다.
봄 향기에 푹 빠진 아내와 나는 봄 얘기를 하며
집에 오자마자 가게 탁자마다 하나씩 화분을 놓았습니다.
봄이 가게 안에 가득해졌습니다.
난로 주위에 몰려 앉던 손님들이 겨울을 버리고 봄을 취하듯
화분이 있는 탁자로 옮겨 앉습니다.
이젠 손님들에게 봄을 나누어줄 생각입니다.

168

무 싹

무 싹이 물만 먹고 자랍니다. 모든 걸 자식들에게 내줘버린 부모처럼
아래토막은 싹둑 잘린 채 윗동강이만 겨우 남아
마지막 근력을 다해 자랍니다.
아래토막을 무지막지하게 먹어버린 기름진 형상들이 무 싹을
겨우 담고 있는 얇은 물 위로 떠올랐습니다.
조금씩 물을 주며 '무 싹 잘 자라라'고 기원하는 마음,
어쩌면 잔인함인지도 모르겠습니다.

치사한 이야기

어떤 사람은 밥을 먹지 않으면 힘이 없다고 하지만 나는 밥을
먹지 않으면 신경질적으로 변하다가 배가 채워지면 헤헤 웃곤 합니다.
사람들이 먹는 것 앞에 초연한 것을 볼 때면,
나는 단순하기가 맨 끝인가 봅니다.
임신한 아내랑 딸 반디랑 외식하고 집으로 오는 길이었습니다. 아내는
임신 전에 잘 먹지도 않던 바나나 우유를 먹고 있었습니다.
"조금 줄까?" 해서, 목마르던 차에 딱 두 번 빨았습니다.
"다 먹으면 어떡해?" 하는 아내와
"아빠가 바나나 우유 다 먹었어" 하는 반디.
내가 호흡이 길면 얼마나 길겠습니까?
"그리고 아까 부대찌개 먹을 때 왜 그렇게 빨리 먹어?
난 먹지도 못했잖아."
내가 먹는 속도가 좀 빠르긴 합니다. 그래도 나름대로 아내 생각해서
천천히 먹었던 건데…… 나도 배불리 먹지 못했는데…….
"내가 다음에 가서 두 개 시켜줄 테니 너 혼자 다 먹어라" 했습니다.
먹는 것 갖고 치사하게 굽니다.
그런데 세상 살아가다보면 그 먹는 것 때문에 싸우고 삐치고…….
같은 밥상에서 고모가 자기 새끼만 밥 먹이고 시중 드느라 우리 새끼

밥 한 숟가락 안 준다고 상심하는 애 엄마, 시어머니가 밥 같이 먹자는
말 한 마디 안 했다고 삐친 며느리, 부침개 부쳐 애들만 주고
자기한테는 먹어보란 소리 안 했다고 토라진 남편, 남의 집에만 가면
거지처럼 잘 먹는 임산부, 식사하셨으면서도 예의상 "진지 드셨어요"
하지 않았다고 노한 노인네, 욱욱대는 임신한 아내 옆에서 잘만 먹는 남편,
자식 새끼 과자 하나 얻어먹여 보겠다고 온갖 공갈 협박을 다하는
아버지, 그리고 그것을 편들어주는 엄마,
같이 차 타고 가다가 "음료수 먹을래?" 하고 물어보지 않고
저 혼자 먹었다고 운전 막 하는 남편…….
어찌 보면 우스운 얘기일 수도 있겠지만 늘 곁에서 일어나는 일들입니다.
조금만 신경쓰면 기쁨이 되는 일…… 먹는 것만큼 즐거움은 없습니다.
세상 살다보면 치사한 일도 많은데 먹는 것 가지고는
치사하게 굴지 맙시다.

산호세 가족

어느 토요일 혼자 오신 손님과 한참을 얘기하고 있는 중에 문 밖으로
손님 오시는 것이 보였습니다. 아기와 아기의 언니가
있는 걸로 봐서 한 가족이 분명했습니다.
나는 가족끼리 다니는 사람들 보면 기분이 좋습니다.
그래서 잘해드리고 싶죠.
그런데 문을 열고 들어오는 그 가족을 보고 깜짝 놀랐습니다.
"아니 가게는 어떡하고 왔어요?"
"요즘 문 닫고 쉬어요. 그래서 벼르고 벼르다가 오늘 맘먹고
놀러 왔어요."
양수리쪽 영화촬영소 앞에서 '산호세' 라는 근사한 카페를 하는
분들입니다. 우리는 좋은 위치에서 넓은 카페를 운영하는 그쪽을
마냥 부러워하고, 그쪽은 부러울 것 없는 좁아 터진 구석진 자리의
우리 카페가 아기자기하고 예쁘다고 부러워합니다.
서로 한탄하듯 위로하듯 한참을 떠들다 멀리에서 온 손님
그냥 보낼 수 없어 식사하고 가기를 권했습니다.
그런데 그분들은 자기네도 가게 하는 입장이다보니
손님 와서 성가시게 하는 것 싫다고 그냥 간답니다.
말도 안 되는 소리라고 우기며 그분들이 난처하지 않도록

근처의 다른 곳으로 가기로 결정했습니다.

친구네 가족을 위한 기쁨의 문을 열기 위해, 조금 이르지만

그래도 가겟문을 닫았습니다.

아내와 딸이 더 기뻐합니다.

'친분이 있는 분들에게는 찻값을 받지 말자.'

우리 부부의 철칙입니다.

멀리에서 오셨으니 대접하는 건 당연한 일인데

그분늘은 상사하는 집에 와시 그것도 문 닫고 함께 나왔으니

자기들이 밥을 사야 한다는 겁니다.

서로 마음속으로 자기가 산다는 생각이니까 상대를 위한 마음에

자꾸자꾸 시켰습니다. 실컷 먹고 아직 자리가 끝나지 않을 무렵

나는 작전대로 미리 계산을 했습니다.

이렇게 미리 알아서 계산하고 기분 상쾌하기는 처음입니다.

다시 차 한 잔 하고 보내 드리려고 가게로 모셨습니다.

모든 상황이 끝나갈 무렵 그쪽의 작전이 진행되고 있다는 걸

나는 모르고 있었습니다. 기어이 돈을 내고야 말겠다고 탁자에 돈을 놓고,

나는 절대 받을 수 없다고 다시 물리는 그 짓을 몇 번 반복하는데

그만 그쪽 차가 출발하는 것입니다.

아내와 나는 멀리 떠나는 그분들 자동차 불빛만 바라보며
"어떡하나, 어떡하나"는 말만 되풀이하였습니다.
나는 친구 하나 제대로 대접 못한 사람이 되었습니다.
조금 잘 만들었다 싶은 영화에는 속편이 있듯 조만간 우리 가족은
고마운 친구네 가족이 있는 영화촬영소 앞 카페로
속편을 찍으러 가야 하겠습니다.
속편이 더 나은 경우가 드물긴 하지만
최선을 다해 찍어볼 작정입니다.

무작정 떠나는 여행

"여행 갈까?"

"좋아."

가겟문 닫기 세 시간 전 밤 일곱시.

묻는 사람이나 대답하는 사람이나 너무도 태연합니다.

이렇게 갑작스레 떠날 때는 바닷가가 좋습니다. 내가 워낙

바다를 좋아하고 아내의 노년 꿈이 민박집 아줌마인 걸 보면

너무도 당연한 결정입니다.

가게를 시작한 후 한동안 못 갔습니다. 답답한 서울을 벗어나 공기 좋고

한적한 시골에 살아 이미 남들보다 많은 자유를

누리고 있는데도 욕심은 끝이 없는가 봅니다.

여기서는 강화도가 적격이죠. 그리 멀지도 않고.

하룻밤 자면 다시 돌아올 거니까 많은 짐은 필요없고,

자유를 갈구하는 답답함이 담긴 몸뚱이면 준비는 끝났습니다.

멋 모르고 따라다니던, 아니 끌려다니던 반디도 바다에 가면

배를 볼 수 있다는 생각에 아주 들떴습니다. 평소엔 내 말을 잘 듣지도

않더니 바닷가에 가려면 장화 신어야 한다는 내 말에 벌써부터

장화를 신고 이미 바닷가에 온 양 뛰어다니며 우왕좌왕합니다.

추억 속의 동막 해수욕장으로!

전등사 근처에는 아직도 생생하게 기억되는 오랜 추억이 있습니다.
결혼 전 아내와 내가 문구회사에 다닐 때입니다. 관광 엽서를
만들어보라고 하기에 자료 조사차 여기저기 돌아다닐 때였습니다.
덕진진에서 버스가 없어 전등사까지 두 시간 이상을 걷던 일,
날은 어두워오는데 길가에는 쉴 곳도 머무를 곳도 없어 둘 다 아무 말
없이 걷기만 했습니다. 그때의 심경은 '내가 의지하는 저 사람이
자포자기하고 쓰러지면 어떡하나' 하는 생각뿐이었다고 나중에
아내가 그러더군요. 그 장정을 무사히 끝낸 우리는 서로에 대한 믿음을
쌓아 사랑에 대한 자양분으로 쓸 수 있었고 지금은 편안히 그 길을
차를 타고 쉽게 지나가고 있습니다.

그 사이 동막 해수욕장은 많은 것이 변했네요. 당시에 묵었던 그럴듯하던
민박집은 초라하게 변했고 눈 오는 밤에 맥주를 뽑아먹던 자판기는
커피 자판기로 탈바꿈해 그 자리를 지키고 있었습니다.
바닷가에 가면 배가 있다고 생각하는 딸 반디에게 배를 보여주기 위해
외포리까지 갔습니다. "저게 배야, 반디야."

다시 집으로 돌아오면서, 버리고 온 것은 쓰레기밖에 없는데 왜 그렇게
홀가분한지, 다시 다짐을 합니다.
'자주 떠나야지. 어려운 일도 아닌데.'
벌써 떠날 날을 기다립니다.

레코드 가게 마이도스

나는 음악을 늦게 듣기 시작했습니다.
내가 청소년기를 지날 때는 록의 전성시대였죠.
디퍼플, 레드제플린, 스콜피언즈 등.
그런데 내가 막상 그들의 음악을 접한 건 군대 갔다오고
대학에 들어가서였죠. 늦게 듣기 시작해서 감성의 성장이 아직도
자라고 있는지 삼십대 중반을 넘어섰으면 재즈나 클래식을 들을 만도
한데 나는 아직도 록이 좋습니다. 그중에서도 아트 록!
"록이 최고야" 하던 내가 복습의 지루함에서 돌파구를 찾기 위해
재즈에도 기웃거리고 국악에도 기웃거리고 그러다가 메탈에 매력을 느껴
한동안 메탈리카, 메가데스, 슬래이어 등의 노래도 들었습니다.
그럴 즈음 사무실 근처의 한 은행에 갔는데 그곳에 신해철이 표지로 나온
잡지가 있었습니다. 웬 신해철? 넥스트로 활동할 당시의 신해철을
들국화만큼 좋아했던 나는 그 잡지를 가져왔습니다.
그런데 그 잡지에 성시완 씨에 대한 애기와 아트 록 전문매장 마이도스에
대해 나와 있더군요. 그래 '이거다' 라는 생각이 들었습니다.
마누라를 보고 '이 사람이다' 라는 생각이 들었을 때처럼 말이죠.
홍대 앞 매장을 찾아갔지만 음반이 쫙 있는데 뭘 알아야 사지요?
앨범 대신 〈아트 록 매거진〉이란 잡지를 몇 권 사왔습니다.

그때 알게 된 그룹이 르네상스, 제네시스,

버클리 제임스 하베스트입니다.

한동안 공책에 적어가며 열심히 공부했습니다.

이렇듯 늦게 시작해 아트 록을 고집하는 카페를 차렸으니 정말 아트 록

많이 아시는 분들이 아시면 얼굴이 홍당무가 될 일입니다.

아무튼 나는 내가 아는 한도 내에서 아트 록을 틀어줍니다.

왜?

내가 좋아하니까!

내 꿈 중에 하나가, 가게가 안정되면 〈아트 록 매거진〉을 보면서,

아트 록을 들으면서, 손님 오시면 손님 대접하는 일입니다.

한 달에 한 번밖에 못 가는 마이도스!

이번에 아내에게 용돈을 받으면 나는 또 당장 달려갈 겁니다.

거기 음반 파는 분과 얘기도 많이 할 겁니다.

죽을 때까지 아트 록을 듣고 싶습니다.

아트 록 만세!!!

비상구

네모난 창으로는 네모난 하늘이 보이고
세모난 창으로는 세모난 하늘이 보이니
아마도 둥그런 창으로는 둥근 하늘이 보이겠지요.
높게 난 가게의 창 밖으로는 볼 때마다 다른 빛의 하늘과
그 하늘을 밀고 올라간 언제나 같은 모습의 지붕이 보입니다.
세상과 맞닿은 산과 들은 보이지 않고 먼 하늘만 보여서인지
그 창만 바라보고 있으면 현실에서 도피할 수 있을 것 같은
비상구가 생각납니다.
사다리를 놓고 올라가 그 창을 열고 하늘을 보았습니다.
네모난 하늘도 세모난 하늘도 아닌 현실과 맞닿은 하늘이
보입니다. 마음입니다.
어디에도 비상구는 없습니다.

어둠이 다가오자
별들이 저마다 빛을 내기 시작 합니다.
카시오페아, 북두칠성 그리고 오리온…
어두울수록 빛을 발하는 별자리들처럼
힘들수록 빛을 발하는 내가 되었으면…
"별자리"에

김진덕 그림에세이

반디네 행복통신

ⓒ 김진덕 2003

초판인쇄 | 2003년 5월 26일
초판발행 | 2003년 6월 2일

글·그림 | 김진덕
펴 낸 이 | 김정순
펴 낸 곳 | (주)북하우스
출판등록 | 1997년 9월 23일 제1-2228호

주   소 | 110-795 서울시 종로구 운니동 98-78 가든타워빌딩 802호
전자메일 | editor@bookhouse.co.kr
홈페이지 | www.bookhouse.co.kr
전화번호 | 741-4145~7
팩   스 | 741-4149

ISBN 89-5605-057-0 03810

* 잘못된 책은 바꿔드립니다.